AF208511

Xin Publishing

Gerhard Ludwig

Frevel

Ein Roman aus
Isrogant

Erschienen im November 2010 im
Xin e.V., Overath bei Köln
in Kooperation mit
Xin Publishing
an imprint of Xin He Ltd.
Suite 404, 324 Regent Street
London, W1B 3HH
United Kingdom

Titelfoto:
© quintanilla/Crestock

ISBN 978-3-942357-07-4

Mars Levent

(Die Vorgeschichte – bereits erschienen in
„In Isrogant, Erzählungen, Band 1 ")

Ein Gnom weckte Naobe.

»Die Altwalden wollen dich sprechen.«

Naobe gähnte. »Haben sie gesagt, worum es geht?«

»Nein, aber die Eiche hat schlechte Laune.«

Er ließ sich wenig Zeit, erfrischte sein Gesicht aus den Bachläufen am Schluchtengrund.

Am roten Fels warteten sie auf ihn.

»Da bist du ja endlich«, begrüßte ihn die Eiche.

»Was kann ich tun?« fragte Naobe.

Die Esche ergriff das Wort: »Der Magiewind des Südens ist sehr schwach in diesem Jahr.«

»Schwankungen kommen vor.«

»Nicht in dieser Toleranz. Außerdem wissen wir, dass das *achí* in Boasp hervorragend strömte, auch dem Verlauf des Nevrizian folgend.«

»Boasp?« Naobe wirkte verwirrt.

»Boasp, die Hafenmetropole. Irgendwo jedenfalls«, sagte die Eiche, »verschwindet der Wind. Du siehst nach, warum und lieferst uns Ideen, was wir ändern können.«

Jetzt sprach die Buche. »Wir wollen ungern unsere Vorräte angreifen.«

Naobe runzelte die Stirn. »Und das Versiegen des Magiewindes ist nicht einfach eine neue Entwicklung? Das *achí* ist in den letzten Jahrhunderten kontinuierlich weniger geworden.«

Schweigen antwortete ihm. Diese Möglichkeit gefiel den Altwalden nicht.

Wieder sprach die Esche. »Wir sagten schon, am Nevrizian und in Boasp waren die Magischen Gezeiten vollkommen gesund.«

Aus dem Hintergrund schritt der Bodhibaum vor, senkte seine Äste zu Naobe. »Nimm von meinem Harz. Manche *glanhíre* mögen Blut, manche Tränen, manche noch ganz anderes sein.«

Die Eiche wartete, bis der Bodhibaum geendet hatte. »Ich gebe Dir noch Eicheln von mir mit, für alle Fälle.«

Naobe steckte sie ein. Die Bemerkung zu den *glanhíren* hatte er nicht verstanden, doch er war gewohnt, dass die Altwalden in Rätseln sprachen. Manchmal verstand er später, was sie gemeint hatten.

»Wie reise ich?«

»Du bekommst einen Pegasus.«

***

Naobe brauchte einige Zeit, sich im Schluchtengrund zurechtzufinden. Es war anscheinend lange her, dass ihn die Altwalden aus dem Schlaf geweckt und auf eine Mission geschickt hatten. Es hatte sich viel verändert.

An den Stallungen erhielt er einen dunklen Pegasus. Naobe gab dem Tier eine Eichel und bestieg seinen Rücken.

Nicht sehr elegant passierten sie die Stockwerke des Urwaldes. Über den Baumkronen aber entfaltete der Pegasus seine Fähigkeiten.

Naobe durchjagte die Acha'Id. Wofür normale Reisende

Wochen brauchten, schaffte er in wenigen Tagen. Dabei wechselte er vom Bodengalopp über den Schwebflug bis hin zu echten Höhenflügen. Er genoss die Kraft des Pegasus, doch die Schwäche des *achí*, die er nun am eigenen Leib fühlen konnte, war beunruhigend. Die Altwalden hatten Recht mit ihren Sorgen.

Er erreichte die Schwemmlande. Es war diesig, die Meereswinde kondensierten hier und tränkten den Boden. Hunderte Rinnsale fraßen sich die Klippen hinunter und bildeteten die Oberläufe des Nevrizian. Mit den Wolken kam gewöhnlich das *achí*. Naobe ließ den Pegasus steigen.

Eine künstliche Insel lag zwischen den Flüssen Nevra und Zian und einem künstlichen Kanal. Er sah Felder, Dörfer, kleine Burgen. Nach einiger Zeit überflog er eine größere Stadt. Links vom Großen Fluss war die Landschaft mit Wildherden bevölkert.

Hier waren die Auswirkungen der Großen Flut unübersehbar.

Die Gärten sind verschwunden, dachte er, und drehte bei zu einem Abstecher in die Savanne. Die alte Kolonie der Ius Adjagard war überwuchert von Erde und Gras. Er sah zweibeinige Gestalten. *Orks? Hier?*

Das war neu. Er flog eine scharfe Kurve und folgte wieder dem Flussverlauf. Am Horizont konnte er eine weitere neue Stadt sehen.

Nachts flog er über zwei schwach erleuchtete Festungen hinweg. Er hörte das Rauschen der Wasserfälle. Die Fallfesten. Die Konzentration des *achí* stieg wieder an, blieb aber unruhig und fluktuierend.

Vor dem Morgengrauen konnte Naobe etwas Großes ausmachen, das in den Himmel ragte. Die Wirbel des *achí* darum waren so stark, dass er sie fast sehen konnte.

Es war ein Turm. Naobe erkannte die Umrisse von Fährsteg, doch das Gebäude war neu, und ebenso der gewaltige Fahnenmast, der über die Mauern hinausragte.

Naobe landete den Pegasus auf dem Platz vor dem Turm. Er war Teil eines großen Sakralbaus, doch das war nicht das einzig Aufsehen erregende. Viel eindrucksvoller war die grausame Szene, die sich rundum abspielte. Drei Menschen in Kämpferkleidung standen um einen Berg abgeschlagener Köpfe. Sie starrten mit offenen Mündern auf Naobe und sein Reittier. Auch er war irritiert. Was ging hier vor sich?

»Stimmt etwas nicht? Was ist hier passiert?« fragte er, im Bewusstsein, wie lahm das angesichts der Tatsachen klingen musste. Doch die drei Männer hörten ohnehin nicht zu.

»Ein Andersartiger!« rief einer. »Auf Ihn!« brüllte ein anderer. Mit Äxten drangen sie auf ihn ein.

Naobe spreizte die Hand. Der Angriff kam. Naobe wich aus, ungeschickter als gewohnt, berührte den Angreifer. Dieser brach zusammen. In ihrer Wut bekamen die anderen das nicht mit, und auch sie starben durch die Berührung von Naobes Fingern am Kopf und am Herzen. Naobe blutete.

Weitere Bewaffnete stürmten auf den Platz. Er blickte sich um, doch seine Möglichkeiten waren begrenzt. So ungern er es tat – er musste handeln. Er trat zurück. Stampfte auf den Boden. Ließ *achí* fließen. Hier gab es genug davon.

Kraft breitete sich aus. Energie. Als sie die Kämpfer erreichte, blieben diese plötzlich stehen, fassten sich an die Köpfe. Naobe wusste, wie es jetzt in ihren Ohren schrillte. Einigen platzte das Trommelfell. Auch der Pegasus bäumte sich auf.

Naobe griff nach dem Tier, beruhigte es, schwang sich auf seinen Rücken. Der Pegasus kämpfte sich in einem anstrengenden Steilflug empor. Jetzt sah Naobe, dass er verletzt war, und weitere Äxte trafen das Tier, das nicht mehr höher steigen konnte.

Vor ihnen lagen die Festungen, und von ihren Mauern flogen ihnen mächtige Pfeile entgegen, abgefeuert von großen Ballista. Der Pegasus bäumte sich in der Luft, verlor an Kraft, ein Ausweichen über das Gebirge war jetzt unmöglich. Sie trudelten und verloren an Höhe. Weitere Geschosse flogen hinter ihnen her, und auch wenn sie jetzt außer Reichweite waren – mehr als eine Notlandung schaffte der Pegasus nicht mehr. Naobe hörte das Splittern von Knochen beim Aufsetzen, rettete sich selbst mit knapper Not und tötete dann das edle Tier voller Bedauern.

Die Eiche wird mich dafür hassen, dachte er. Es war egal, in diesem Moment hasste er sich ohnehin selbst.

Die Situation war schlimm. Die Menschen hatten auf einen Naobe geschossen, einen Abgesandten der Altwalden, und das bedeutete, dass sie entweder vergaßen, was er war... oder keinen Respekt mehr hatten.

Orientierungslos lief er nordwärts am Nevrizian entlang in Richtung Acha´Id.

Dörfer und kleine Wachtürme ließ er links liegen. Er gönnte sich keine Pausen. Die Eicheln halfen ihm, bei Kräften zu bleiben. Wenn er Menschen begegnete, verbarg er sich im Schilf des Flusses unter seinem Tarnmantel.

Schließlich gelangte er an ein großes, ummauertes Gut. Nachdenklich blieb er stehen, betrachtete die Menschen rund um die Schutzwälle. Dann sah er, dass dort Elben mit dem Vieh arbeiteten.

Eine Welle der Erleichterung durchfuhr seine Glieder.

Hier gab es Hilfe für ihn.

***

Neun Uhr, am Morgen.

Der Morgen war heiß in Boasp. Gegen Mittag würde das Leben in der Metropole nur noch hinter Mauern oder in den wenigen schattigen Gärten stattfinden.

Ein Mann verließ eine kleine Barkasse. Sie dümpelte am Rande des Bootsviertels von Boasp, direkt am offenen Meer und zugleich nahe dem Atoll. Eine gute Lage.

Das Bootsviertel war erster Anlaufpunkt der Flüchtlinge in

Boasp. Bordwand an Bordwand lagen die Boote zu einem riesigen Floß vertaut vor der Agora der Stadt. Zwischen den Rümpfen tummelten sich Aasfische inmitten von Essensresten und Müll.

Der Mann kletterte die Strickleiter hinauf auf einen heruntergekommenen kleinen Frachter. Eine Familie von Blondschöpfen versuchte hier, mit dem Brackwasser ihre Wäsche zu waschen. Er huschte über das Deck und sprang auf eine schmale Dschunke. In der halbrunden Deckhütte sah er sich lethargisch wiegende Gestalten. Es roch süßlich. *Opium?*

Kräne und Kulis ächzten und schwitzten unter schweren Lasten, Händler und Börsianer rechneten und feilschten. Er kletterte über eine weitere Dschunke. Ansammlungen gleicher Schiffstypen waren nicht selten im Bootsviertel.

Zähe Gestalten brüteten über allerlei Kleinkram. *Raubgut.* Ein fleischiger Mann schärfte ein Beil.

Ohne sie eines Blickes zu würdigen, ging es auf eine weitere Dschunke. Sie war leer. Über die Dau einer ockerfarbenen Familie gelangte er zu einer Gondel. Neben ihr schwammen verkohlte Balken. Manchmal verbrannten Boote. *Heiliges Feuer? Brandanschlag?* überlegte er.

Über weitere Schiffe unterschiedlicher Bauart hinweg kletterte er bis zur offenen See, streckte die Hand aus: »Hallo! Fischer, können Sie mich zur Coppa bringen?«

Der Fischer ruderte heran und der Mann stieg ein. »Ich hasse es, mich morgens durch die Stadt zu drängeln.«

»Die Stadt wird immer voller«, antwortete der Fischer lakonisch. *Wo der wohl herkommt?*

Kriegskanus der Marine erzwangen einen gehörigen Abstand zum Arsenal. Im Vorbeifahren betrachtete der Mann seinen Arbeitsplatz.

An der Coppa bezahlte er den Fischer und verließ das Boot.

Wer ihn beschreiben sollte, fand wenig konkrete Anhaltspunkte: Er mochte ein Mensch oder Elb sein, aber auch als ungewöhnlicher Zwerg oder sogar Ork durchgehen. Er war weder groß noch klein, weder dünn noch dick. Nicht hübsch, nicht hässlich. Nicht hell, nicht dunkel. Er war unscheinbar. Gerade deshalb war Levent für Boasp so wichtig.

Fliegen belagerten die Stände auf dem Frischmarkt. Seemöwen lauerten auf Abfälle, die auf das Pflaster fielen. Es roch nach Obst und Fisch.

Rechts von ihm erhob sich die Agora, der Regierungsberg der Republik. Er schaute hinauf und lächelte. Die Kuppel des Observatoriums blinkte. Eine Zyklopenmauer zog sich rundherum.

Entspannt schlenderte Levent die Hafenbecken entlang. Frachter aus aller Herren Länder löschten hier ihre Waren und nahmen Boasps Güter an Bord. Kulis mühten sich für einen Hungerlohn. Rechter Hand lagen die Kontore der Handelshäuser. Auch alles Spione. Hungrig setzte er sich in die Außenwirtschaft eines kleinen Lokals.

Ein Mädchen trat heraus: »Guten Morgen, möchten Sie frühstücken?«

Levent lächelte sie an: »Oliven, Schafskäse und Sesamgebäck.«

»Kaffee oder Tee?«

Für Schnaps war es noch zu früh.

»Tee, aber ohne Zucker.«

»In Ordnung«, wisperte sie und huschte hinein.

Hübsch. Ihr Vater dachte das wohl auch, denn vorsorglich war er es, der die Bestellung brachte. *Religiöse Einwanderer.*

Levent lehnte sich zurück und fühlte den Moment. Er ließ alles von sich abfallen. Erinnerungen schlichen sich ein und er lächelte. Das Schicksal ist schon merkwürdig: Bastard, Flüchtling, Tagelöhner, Sträfling, Soldat und jetzt Spion.

Zufrieden bezahlte er und ging, weg von den Docks, ins anliegende Bilgenviertel. Hier roch man nicht nur die Vorlieben der eingewanderten Ethnien, sondern auch die Fäkalien und das stinkende Handwerk. Bootsleute liefen mit Eimern umher, um wenigstens das Gröbste ins Meer zu entsorgen. Eine Lösung war das nicht, denn die See spülte den Dreck zurück an Land.

Das ist für mich vorbei.
Die Pfade durch die Bilge waren früher der einzige Weg in die Innenstadt. Für die reichen Gäste hatte man später in der Großen Umgestaltung einen Yachthafen am anderen Stadtende gebaut. Wer den Booten vor Boasp entkam, landete aber noch immer zumeist hier.

Hinter der Bilge öffnete sich das Forum. Der Markt nahm die größte Fläche ein. Alles nur denkbare wurde zum Kauf angeboten – solange es nicht verderblich war. Über den Boden schaukelte sanft der Schatten der großen Plattform.

Das Forum wurde beherrscht von der Universität. Hier hatte Levent kurz als Hausmeister gearbeitet und die Studentinnen bewundert. Das höchste Gebäude war die Stufenpyramide. Im Inneren befanden sich Aufzüge und Magazine, der Unterricht fand auf den Plattformen im Freien statt. Die Boasper nannten sie den Elfenbeinturm.

Neuerdings war der Universitätsbibliothek eine Kapelle angegliedert worden. Sie war nur mäßig besucht, als er eine Kerze entzündete. *Man weiß nie, wofür es gut ist.*

Dann verließ er das Forum und peilte das Viertel gegenüber an. Zur Rechten erstreckte sich das Arsenal.

Wer es aus der Bilge schaffte, wohnte in den schattigen Arkaden. Hier lebten Meister und Kaufleute, die es zu Wohlstand gebracht hatten. Hotels und Bistros versorgten Pilger, Geschäftsleute und Botschafter.

Sonnensegel machten aus den Gassen des Viertels eine eigene Welt. Levent ließ sich Zeit und schaute in die Auslagen. Aus einer der vielen Gassen heraus gelangte er an sein eigentliches Ziel: die Coppa.

Während abends der Wellengang die Surfer anlockte, lud die morgendliche See zum Schwimmen ein. Einige Kioske hatten schon geöffnet. Sonnenanbeter lagen auf Handtüchern. Sie alle wollten den wunderschönen Bronzeton der Meeresnomaden erreichen.

Er sprang ins Meer und schwamm mit dem Blick zur Stadt.

Herrlich!

Der Strand nahm eine ganze Stadtseite ein und lag zwischen dem Wohn- und dem Gartenberg. Gegenüber des Yachthafens, der Marina, lag das Sanatorium mit abgeschirmtem Strandbereich. Nach anstrengenden Aufträgen erhielt hier auch Levent heilende Anwendungen.

Etwas weiter draußen dümpelten Yachten, dahinter patrouillierten Fregatten der Marine.

Levent schwamm die Coppa einmal komplett hinauf und hinab. Tauchte noch eine Weile umher und tappte – erschöpft, aber glücklich – in der Nähe der Marina an den Strand zurück. Dort suchte er einen bestimmten Kiosk auf.

»Frieden«, grüßte Nilüfer, die Betreiberin des Kiosk.

»Frieden«, antwortete Levent.

»Magst Du Blätterteigpastete?«

»Ja, das wäre prima.«

Nun kam auch Yüksel, Nilüfers Ehemann, und umarmte ihn.

Die beiden waren seit Jahrzehnten verheiratet und führten den Kiosk mit Leidenschaft. Er war zu fast jeder Tages- und Nachtzeit geöffnet. Yüksel produzierte Süßspeisen, die in der Hitze nicht verdarben. Nilüfer wachste die Surfbretter.

»Wann lernst Du endlich surfen?« fragte er.

»Ich schwimme lieber.«

»Gott hat dieses Atoll nicht umsonst bei den Meeresnomaden erschaffen!«

»Wenn ich in Pension gehe, mein Freund.«

Levent genoss die Pasteten mit Pistazien und Nüssen. Er trank dazu Kaffee.

»Wusstest Du übrigens«, fragte Nilüfer, »dass der Kaffee ursprünglich von den Orks stammt?«

»Apropos Ork. Ich sehe den Orkenprinz nicht mehr?«

»Ja, die Stadt hat sein Lager aufgelöst, sie wollen keine Hausierer am Strand. Er solle sich eine Wohnung suchen.«

»Hat er sich mit Strandblume was gesucht?«

»Ich glaube nicht, dass Strandblume mit ihm zusammenzieht.«

13

Yüksel schickte Nilüfer, noch einen Kaffee zu brühen.

Später nahm ein Fischer Levent mit zum Bootsviertel.

Wie ein gigantischer Riegel versperrte das Arsenal die Sicht auf die Stadt, der Kriegshafen ragte halbrund ins Meer.

Wahnsinn. Levent kletterte auf seine Barkasse.

Ein Morgen, wie er ihn liebte.

Zwölf Uhr, am Mittag.

Draußen sengte die Sonne. Selbst die Möwen schienen zu hecheln, drängten sich in den raren Schatten. Die Masten in den Docks wirkten wie abgestorbene Bäume. Nur wenige Schiffe waren in Bewegung.

Das Arsenal war in diesen Stunden der angenehmste Ort in Boasp. Die dicken Festungsmauern hielten die Hitze fern, durch den überdachten Kriegshafen wurde der Wind gekühlt und wehte als angenehme Brise durch die Gänge. Die Zitadelle strömte ebenfalls Kühle aus.

Levent trank Limonade in der Mensa des Arsenals.

Der Saal war gefüllt mit lärmenden Marineinfanteristen.

Er schloss die Augen und dachte an seine Mentoren: Vlad, den Spionageleiter; Piccolo, den Waffenmeister und She-Bashi aus Ciena; den schwulen elbischen Arzt und natürlich den Orkenprinz. Jeder von ihnen hatte Levents Leben auf eigene Art neu zusammengesetzt.

Vlad, der ihn aus der Bilge in den Staatsdienst geholt hatte.

Der Arzt, den alle nur Doktor Hu nannten, mit seinen Nadeln und Pillen.

Piccolo, der lachte, als Levent das Leichtschwert der Inselgardisten führen wollte.

Und der Ork mit seiner Kunst.

Anstrengende Zeit. Levent lächelte. *Intensive Zeit!*

Ein Kadett kam und bat ihn, zu folgen. Sie gingen in die verbotenen Kellergewölbe unterhalb der Agora. Hier lagen sowohl Telmis geheime Werkstätten als auch Piccolos Waffensammlung. Und Vlads Büro.

Durch seine Brille studierte der Leiter der Spionage einen Zettel. Dann sah er auf. »Guten Tag, Levent. Wie fühlen Sie sich?«

»Gut. Sehr gut sogar.«

»Ich lese hier Ihren Bericht.«

»Das freut mich.«

»Mich nicht.«

»Was stimmt daran nicht?«

»Er ist dürftig... kurz!«

»Es gab nicht viel zu berichten.«

»Wenn wir Sie für viel Geld ins Ausland schicken, erstatten Sie Bericht. Die Auswertung erfolgt woanders.«

»Selbstverständlich.«

»Gut. Ich habe eine Aufgabe für Sie. Ein Kardinal befindet sich in der Stadt und hält heute Abend Vorlesungen auf dem Elfenbeinturm.«

»Ich hörte davon. Ein Kardinal der jungen Königreiche.«

Vlad erhob sich. »Eine radikale Kraft innerhalb der Kirche. Er vertritt die Idee der Flammzüge.«

Levent nickte. »Die Mission der Kirche mit weltlichen Mitteln aller Art zu unterstützen.«

Er folgte Vlad in eine Nische zu einer Türe.

Dahinter stand ein Marineinfanterist.

»Guten Morgen, El«, grüßte Vlad.

Der Soldat nickte. »Guten Morgen, Herr Admiral.«

Zwergenlicht erleuchtete einen langen Tunnel. Sie betraten einen Aufzug, Vlad zog an einem Seil.

Tief im Berg ertönte Lärm, ein Gewicht ächzte an ihnen vorbei in die Tiefe und zog den Aufzug nach oben.

»Zwerge. Von ihnen kann man verdammt viel lernen!« stellte Vlad fest.

»Der Umbau der Stadt hat auch genug gekostet«, entgegnete Levent. »Ob wir die Schulden je loswerden?«

»Nun, wir haben nicht nur ihre Arbeit bezahlt, sondern auch

15

ihre Geheimnisse gestohlen. Es wird sich langfristig auszahlen.«

»Und die Mäzene des Umbaus sitzen im Aufsichtsrat der Republik und leiten die Gesellschaften.«

Die Gondel ruckelte durch einen runden Schacht.

»Waren Sie schon einmal im Observatorium?«

Vlad heftete einen Besucherausweis an Levents Weste.

»Nein.« Levent las: *Boasp.*

»Sie reden mit niemandem darüber«, befahl Vlad.

»Verstanden«, entgegnete Levent. »Aber was ist meine Aufgabe? Soll ich den Kardinal beschützen?«

»Nein. Wir haben Marineinfanteristen für die öffentliche Ordnung abgestellt und der Kardinal hat seine Inselgardisten dabei.«

Der Aufzug stoppte in einem runden Raum. Sie stiegen aus der schwankenden Gondel und gingen eine Treppe hinauf. Auch hier passierten sie Wachtposten.

Gleißendes Licht und eine nahezu unerträgliche Hitze empfingen sie, ein großer Raum voller Tische, an denen Menschen arbeiteten, überwölbt von einer Kuppel aus Fenstern, geschliffen in Tausende Facetten.

Riesige Vögel flogen über sie hinweg. Die Sonne war größer als gewohnt, ihr Licht merkwürdig gebrochen. Linien teilten den Boden in Zonen ein: *Nevrizian. Alte Osthäfen. Avenicum Dalor. Inselwelt. Boasp.*

Der Blick durch die Kuppel war nicht gleichmäßig, sondern schwindelerregend verzerrt – doch nur auf den ersten Blick. Bei genauerem Hinsehen wurde die Welt unter dem Turm extrem vergrößert.

Levent hatte viele Wunder gesehen, aber hier blieb ihm die Spucke weg. Er kannte dieses Gebäude bislang nur von außen. Die meisten Menschen in Boasp hielten es für einen Leuchtturm, doch jetzt sah er, dass es einen so faszinierenden wie verborgenen Einblick in die Welt gab, so nah, als sei man selbst vor Ort.

»Rauch über der Orkenai«, murmelte er. »Sind das etwa die

jungen Königreiche?«

»Ja, aber der Dunst über dem Flusstal ist erstaunlich stark. Es weht wenig Wind. Schlecht für die Händler.«

Levent schaute genauer durch eine der Facetten der Glaskuppel. »Sieht aus wie ein grauer Fleck.«

»Das Dombauprojekt. Neue Kirchenbauten, unabhängig von der Rationalität der Universitäten.«

Levent war hingerissen von den Möglichkeiten der Kuppel, wollte auf der anderen Seite in Richtung Alte Osthäfen schauen.

Vlad hielt ihn zurück: »Dafür sind Sie nicht autorisiert. Sie haben Zugang, Boasp zu beobachten. Die anderen Zonen sind Ihnen untersagt.«

Levent zuckte die Achseln und suchte stattdessen auf der Stufenpyramide nach Studentinnen. Auch die Yachten in der Bucht lagen zum Greifen nahe vor seinen Augen.

»Die fühlen sich wirklich unbeobachtet«, stellte er fest.

»Soweit es die da unten betrifft, sind sie auch unbeobachtet. Und Sie - Sie können die Frauen in ihrer Pause bewundern.«

Am Arm zog Vlad ihn mit sich. »Der Kardinal ist eine Reizfigur«, sagte er. »Er schafft eine gefährliche Stimmung in den Jungen Königreichen, bedrohlich für Träumer, Begabte und Fremde. Wir können Avenicum Dalor nicht unbeobachtet lassen, wenn Boasps internationale Interessen gewahrt werden sollen. Wir leben hier von Neutralität, Pluralismus und Handel in einer freien Welt.«

»Was genau soll ich tun?« fragte Levent.

»Sie postieren sich hier oben und halten Ausschau nach allem, was Ihnen auffällt im Zusammenhang mit dem Kardinal.«

Levent war mit einem Mal nicht mehr begeistert. »Eine Observation in diesem Brutkasten?«

Vlad hob bedauernd die Schultern. »In der Tat sehr heiß hier«, stellte er fest. »Ich werde wieder in den Keller fahren.«

Sechzehn Uhr, am Nachmittag.

Der Schweiß floss in Strömen. Die Glaskuppel begann, von innen zu beschlagen. Mitarbeiter wischten mit Tüchern das Schwitzwasser ab.

»Die Lüftung ist erbärmlich«, beklagte sich Levent.

»Ja, am Nachmittag sind wir etwas blind hier.«

»Wenn das jemand rauskriegt.«

»Uns wurde schon voriges Jahr eine Klimaanlage ver—sprochen. Sie wollten aus dem Berg kühle Luft hierher umleiten.«

»An technischen Schwierigkeiten kann es doch kaum liegen.«

»Wahrscheinlich hinkt die Finanzierung.«

Levent schüttelte den Kopf. *Unglaublich.*

Der Kardinal war deutlich zu sehen. Er sprach aufgeregt, fuchtelte ab und an mit den Armen, stampfte zeitweise mit dem Fuß. *Gruselgestalt.*

Die Ebenen über und unter dem Kardinal waren voller Zu-hörer. Es waren Studierende, Lehrende, Interessierte, Gegner wie Anhänger. Drei Inselgardisten eskortierten ihn, hielten die Augen offen.

Levent hatte genug.

»Ich sehe nichts und höre nichts!« Er rief einen jungen Beamten zu sich. »Übernimm Du mal meinen Posten.«

Dem war das nicht geheuer. Er kannte Vlad. Sein gestam-meltes: "Aber..." ließ Levent unbeachtet.

Er eilte die Treppe hinunter auf die Agora. Über die Hänge-brücke lief er zur Plattform, genoss, wie die frische Luft ihn wieder munter machte.

Die Plattform vereinte die drei Brücken der Staatsberge. Der Wind ließ sie schaukeln.

Levent blickte sich um, versuchte, nichts genaues zu beob-achten, sondern mit den Augen zu hören, wie Dokor Hu es gerne formulierte. Ganz Boasp konnte er aufsaugen. Agora, Villenberg, Gartenberg. Die Docks, die Bilge, den Elfenbeinturm, den Park, das Arsenal, die Coppa, den Yachthafen und das Sanatorium. Die Masten der Frachter, das Bootsviertel und die Wasserstraße zum Nevrizian. Ob man Avenicum Dalor am Horizont sah? Es wollte ihm nicht gelingen.

Er drängte sich an das Geländer, zwischen einige Regierungsangestellte und Politiker.

Auf der hinteren Seite der Stufenpyramide fand regulärer Unterricht statt, die Klassen vielleicht ein wenig leerer als sonst.

Die Explosion riss ihn von den Beinen. Körperteile fetzten auseinander, Blut spritzte. Geröll und Bauteile trafen Zuschauer auf den umliegenden Stufen und unten auf dem Forum. Staub wurde aufgewirbelt, in der Stufenpyramide klaffte ein Loch. Um ihn her stürzten Menschen schreiend in die Tiefe, ihre Körper zerplatzten auf dem Boden des Forums, in der Mitte der dortigen Menge, die jetzt in Panik geriet und schreiend begann, einander tot zu trampeln. Sie bewegte sich die Pyramide hinab, in wilder Flucht. Blutende Studierende drängelten sich von ihren Seminaren nach unten. Weitere kamen dabei zu Tode.

Die Leichen blieben liegen.

Levent fühlte sich benommen, doch der Profi in ihm suchte nach Details, Hinweisen, Auffälligkeiten.

Ich hätte doch schon vorher etwas sehen müssen, dachte er.

Ein weiterer Donner erschütterte die Stadt.

Er kam aus den Arkaden. Gesteinsbrocken rissen Sonnentücher mit sich durch die Luft.

Vom Arsenal ertönte das Kriegshorn.

Einheiten von Marineinfanteristen schwärmten aus.

Kriegskanus begannen, die Stadt abzuriegeln.

Keiner rein. Keiner raus.

Levent entschloss sich, seine Position zu verlassen, und eilte ins Arsenal.

Siebzehn Uhr, am Nachmittag.

Levent lag im Halbdunkel auf einem Sofa. Feine Nadeln steckten in seiner Haut. Neben ihm saß Doktor Hu, befragte ihn mit sanfter Stimme.

Mit plötzlichem Poltern wurde die Türe aufgestoßen, so heftig, dass eine Angel brach. Vlad stürmte hinein und riss Levent aus der Trance: »Wer hat Ihnen erlaubt, Ihren Posten zu verlassen?«

Levent war zu benommen, um zu antworten. Doktor Hu jedoch schäumte vor Wut und zischte Vlad an: »Wie können Sie es wagen, unaufgefordert in mein Behandlungszimmer einzudringen und so einen Krach zu schlagen?«

Er begann, ihn aus dem Zimmer zu schieben. »Ich werde mich über Sie beschweren.«

Levents Stimme unterbrach die Auseinandersetzung: »Ich erinnere mich an einiges. Das meiste aber ist wie abgerissen.«

Hu blickte Vlad finster an. »Ich lehre die Spione die Methode des unbewussten Beobachtens. Das Erinnern in Hypnose ist dabei unerlässlich.«

Jetzt änderte sich Vlads Miene, wenn auch nur langsam. Er war zu weit gegangen. Agenten seiner Abteilung führten Aufträge selbständig aus, und diese Regel wollte er auch nicht ändern. Die Explosion, unerwartet und zerstörerisch, zerrüttete seine Nerven und trübte sein Urteilsvermögen.

Besonnener fragte er: »An was erinnern Sie sich, Levent?«

Der schloss noch einmal die Augen und atmete tief, um sich zu beruhigen. »Eine Gestalt mit Kapuze schlängelt sich durch die Menge Richtung Kardinal«, sagte er leise. »Er stößt mit jemandem zusammen. Der zieht ihm die Kapuze vom Kopf. Darunter lange blonde Haare. Dann sehe ich ein schwarzes Licht. Es folgt die Explosion.«

Doktor Hu rieb sich das Kinn, während Vlad etwas erstaunt fragte: »Ein schwarzes Licht? Ist das nicht widersinnig?«

Levent zuckte mit den Schultern: »Es sah so aus. Ich habe

meinen Posten übrigens delegiert, weil ich durch das Schwitzwasser an den Prismen unkonzentriert wurde.«

Diese Rechtfertigung war überflüssig, nachdem Vlad schon nachgegeben hatte, und Doktor Hu mischte sich ein, bevor das Gespräch in die falsche Richtung driften konnte. »Das mit dem schwarzen Licht habe ich schon einmal irgendwo aufgeschnappt«, stellte er fest.

Vlad nickte und war schon auf dem Weg aus dem Raum. »Dann wird sich vielleicht etwas im Staatsarchiv finden.«

»Wie geht es dem Kardinal?«

»Er wird im Arsenal von den Ärzten operiert. Es hat die Beine übel erwischt. Wenn er Glück hat, bleibt eins steif. Hat er Pech, müssen beide ab.«

Der nächste Tag.

Die Drei trafen sich am Vormittag des nächsten Tages vor den Pylonen des Archivs. Die berühmte Bibliothek reichte tief in den Regierungsberg hinein und gewährte nur Ausgewählten Zutritt.

Levent schaute Vlad an: »Kein Aufzug hier hinein?«

Vlad schüttelte schweigend den Kopf.

Doktor Hu fragte nach Neuigkeiten.

»Die Ziele der Attentate waren kirchlich«, erklärte Vlad. »Das Theosophieseminar der Universität und die Wohnung des Kardinals in den Arkaden. Der Kardinal wird noch immer im Arsenal behandelt.«

»Schon eine Reaktion des Lektors?« wollte Levent wissen.

»Noch zu früh. Er wird sicher fordern, dass Boasp sich dem Flammzug anschließt.«

Der Arzt gab einen unwilligen Laut von sich. Levent warf ihm einen Blick zu. Doktor Hu war ein Elbe, und die fanatischen Strömungen der Kirche des Einen Gottes bedrohten ihn ebenso wie menschliche Mystiker und Magiere.

Vlad hatte die Verbindung noch nicht erkannt.

21

»Was ist los?« fragte er.

Levent fand das erstaunlich – sein Vorgesetzter ließ in den letzten Wochen Takt und Einfühlungsvermögen vermissen, schlimmer aber noch: Er zog oft nicht die richtigen Schlussfolgerungen.

»Seit die Kirche diese Flammzugidee hat, haben die Repressalien gegen Elben zugenommen«, erklärte Hu.

»Ja.« Vlad nickte. »Die Kirche macht aus einigen Regionen gefährliche Orte für Begabte und Mystiker.«

Unabhängig voneinander begannen sie die Recherche.

Doktor Hu las in elbischen Büchern, während Levi die Karteikästen durchblätterte. Vlad hingegen rekrutierte einen der wenigen Bibliothekare.

Tatsächlich wurden sie fündig.

***

»Schwarzes Licht entsteht, wenn ein *glanhír* mit Energie überlastet wird«, erklärte Vlad. »Anscheinend unmittelbar bevor er seine Energie auf einen Schlag frei gibt.«

Er lehnte sich auf seinem Stuhl zurück und blickte in die Gesichter der beiden anderen. »Dies war ein magisches Attentat. Genau, was wir brauchen.«

Doktor Hu pflichtete bei: »Ich erinnere mich jetzt wieder, woher ich den Begriff kenne. Augenzeugen berichteten von diesem Licht am Horizont, bevor der Turm von Raftja explodierte. Es hätte mir früher wieder einfallen sollen.«

»Eine schwarzmagische Methode«, murmelte Levent, dem es eiskalt über den Rücken lief. »Dann müssten Verformungen am Elfenbeinturm zu sehen sein.«

»Das lässt sich leicht überprüfen«, sagte Vlad.

»Vor allem muss der Täter all seine Meridiane mit Energie überfüllen, um einen *glanhír* derart zu aktivieren. Das ist Selbstmord«, bemerkte Doktor Hu.

Levent nickte. »Nicht nur ein Attentat also. Sondern

verzweifelte Täter noch dazu.«

Vlad kippelte mit seinem Stuhl. »Verzweifelt – oder voller Hass. Das ist nicht gut, in diesen Zeiten.« Er schlug auf den Tisch. »Den direkten Schuldigen dieser Anschläge werden wir nicht finden, aber die Aggression kommt aus Avenicum Dalor. Die Kirche des Einen Gottes hetzt ihre Gläubigen auf, und das ist das Resultat.«

»Eine Radikalisierung des Widerstandes ist auch nicht hilfreich«, merkte Levent an. »Und woher haben die Widerständler das Wissen über Schwarze Magie? Und die *glanhíre*? Diese Steine sind selten genug und unglaublich teuer.«

Doktor Hu schaute missmutig.

»Woran denken Sie?« fragte Vlad.

»Für einen Elben sind das schlechte Nachrichten«, antwortete der Arzt. »Mein Volk wird ohnehin genug bedrängt, und Widerstand gegen die Kirche wird in dieser Art nicht helfen. Am schlimmsten finde ich das Auftauchen von Schwarzmagie. Die Legende sagt, der Rat der Magier ist seit Jahrhunderten im Untergrund aktiv. Wenn der Erzmagier das Chaos in Isrogant nutzt, dann wollen wir hier in Boasp wohl nicht in vorderster Front liegen.«

»Nur keine Schauergeschichten«, wiegelte Levent ab.

Vlad nickte nachdenklich. »Es klingt wirklich nicht sehr wahrscheinlich«, sagte er. »Legenden aus lange vergangenen Zeiten.«

Er blickte zu Levent. »Ruhen Sie sich aus. Erledigen Sie offene Geschäfte. Morgen melden Sie sich bei mir.«

Wochen später.

Für den Passagier flussaufwärts war Fährsteg der letzte Hafen, für den Handel zwischen den Karingern und Boasp der einzige. Hier lag das Tor zu den Jungen Königreichen.

Aber Levent erkannte die Stadt nicht wieder. Die Spuren der Belagerung waren nur notdürftig beseitigt, die Mauer teilweise durch einfache Wälle ergänzt worden.

Ein ärmlicher Markt erstreckte sich über das alte Flüchtlings-camp. Der Hafen war verschlammt. Levent kaufte eine Zeitung und betrat die Stadt. Die beiden Torwachen trugen Messer und Äxte, Kleidung und Ausrüstung waren wild zusammenge-schustert, sie wirkten undiszipliniert.

Auf dem alten Marktplatz erhob sich der Rohbau einer großen Kirche.

Viel zu groß für dieses Kaff, dachte Levent, der sich erinnerte, das Gebäude schon vom Observatorium aus gesehen zu haben.

Aus der Mitte eines großen Turmstumpfes ragte ein enorm langer Fahnenmast in den Himmel. Er betrachtete ihn sinnierend. Eine Orientierungshilfe für die Bauarbeiter?

Langsam schlenderte er um den Bau. Zwei Inselgardisten lungerten vor einem Seitenportal. Sie bemerkten ihn nicht.

Obwohl sie Leibwächter sind, lächelte Levent.

Hinter der Kirche aber stockte ihm der Atem. An Galgen hingen Leichen. An einigen pickten die Krähen nach Futter. Fleischbrocken und Würmer dominierten das Bild.

Sein Magen drehte sich um, und widersinnigerweise machte ihm das bewusst, wie hungrig er war. Am anderen Ende des Platzes betrat er ein Gasthaus und bestellte ein Mittagessen. Er sah sich um; die anderen Gäste waren ausgezehrt. Ihr Erscheinungsbild passte gut zur giftigen Atmosphäre der Stadt, als werde sie noch immer belagert, nur diesmal nicht von einem physischen Feind.

Er schlug die Zeitung auf: »Vier Wochen nach den An-schlägen, bei denen tausend Menschen starben, hebt Boasp die Blockade um die Insel wieder auf und gewährt freien Handel. Die Straßen der Stadt sind noch immer voller Militär, die Buchten voller Marinepatrouillen. Jedes Schiff, das sich einer Durchsuchung verweigert, kann in Brand gesetzt werden.«

Tausende Opfer, dachte er erstaunt. Dann zuckte er die Achseln. Eine Provinzzeitung. Dies war nicht der Isroganter Bote der Nachrichtengilde, und schon gar nicht das edle Edöer

Tageblatt, das vor allem von Adligen und Reichen in ganz Isrogant gelesen wurde.

Levent bezahlte sein Essen und las den nächsten Artikel: »Der Lektor in Avenicum Dalor hat alle Gläubigen der Kirche des Einen Gottes dazu aufgerufen, sich an den Flammzügen gegen Magische, Fremde und Andersgläubige zu beteiligen, jeder nach seinen Mitteln. Konkret rief er auf zu Spenden durch reiche Handelsherren und Kriegszüge durch die Herrscher. Er betonte auch die Möglichkeit jedes Einzelnen zur Mithilfe durch Information.«

Denunziation, dachte Levent.

Die Tür wurde aufgestoßen und eine Gruppe Bewaffneter stolzierte herein. Sie glichen den Torwächtern: Aggressiv, ohne Uniform, nur ein ausgfranstes rotes Tuch dokumentierte ihre Verbundenheit.

Herrisch nahmen sie anderen die Plätze weg. Levent kontrollierte seine Waffen.

Erneut flog die Tür auf und ein weiterer Tuchträger steckte den Kopf in den Raum: »Kommt! Es geht jemandem an den Kragen!«

Lärmend sprang die Gruppe auf und eilte hinaus. Auch andere Gäste folgten, und Levent schloss sich ihnen an.

Am Galgenplatz stand eine eine johlende Meute von Bewaffneten neben begeisterten Bürgern.

Levent blickte suchend umher und fragte schließlich jemanden: »Wer sind diese Leute?«

Leise kam die Antwort: »Das sind die 'Flammen Gottes'. Eine Miliz, die das Reich gottesfürchtig sehen möchte. Fährsteg ist fest in ihrer Hand.«

Eine Miliz als Herrin über Fährsteg? Boasp wird das kaum dulden, stellte Levent bei sich fest.

Einige der »Flammen« schubsten einen Ork zu den Galgen.

Levent hörte jemanden spötteln: »Der Fleischer!«

»Der Apotheker ist schon weg, jetzt kommt der Ork dran«, ergänzte ein anderer.

Levi zählte rund 50 Flammen rund um die gebrochene Gestalt des Orks. Man näherte sich mit der Schlinge.

»So, jetzt geht's ans Baumeln«, kommentierte eine neue Stimme, gefolgt von leisem Gelächter. Es klang hämisch, aber Levent erkannte den Unterton von Angst.

Ihr Narren, dachte er. *Jeder von euch kann der Nächste sein.*

Auf dem Richtplatz kam jetzt Bewegung in die Henker. Ohne Vorwarnung schnellte der Ork nach vorne und biss einer der »Flammen« das Gesicht weg. Die Schmerzenschreie waren unerträglich, die brutale Explosion von Kraft lähmte die Umstehenden, und so machte niemand auch nur den Versuch, den Todeskandidaten zu stoppen. Er hieb dem Nächsten seiner Henker die Klauen in den Kopf und drückte, bis er zersprang.

Jetzt gab es kein Halten mehr. Die Flammen warfen Äxte, trafen den Ork, aber auch einander. Die Szenerie verwandelte sich in ein chaotisches Blutbad, in dessen Verlauf der Ork seine Fesseln sprengte und wie ein Löwe davonjagte. Niemand hielt ihn auf.

Die Axtmänner waren bleich.

»Der war sicher ein Spion des Orkkaisers!«

»Wenn die nun eine Armee schicken?«

»Dann hauen wir ab!«

»Ihr könnt uns doch nicht schutzlos hier lassen, nachdem ihr den Ork lynchen wolltet«, rief ein Bürger.

Der Mann ohne Gesicht hatte aufgehört zu schreien und wimmerte jetzt nur noch vor sich hin, bis ein Stich ins Herz ihn erlöste.

Levent sah in die Gesichter der Menge, die sich jetzt langsam verlief. Angst und Verzweiflung malten sich darin, jetzt noch mehr, nachdem sie um das Schauspiel der Hinrichtung betrogen worden waren. Er überlegte, ob ein Geschwader Marineinfanteristen die Situation nicht klären sollte. Er schloss sich in einem Klohaus ein schickte ein Dracheninsekt mit einem Steno nach Boasp. Dann begab er sich mit einer Fähre auf das westliche Flussufer.

Hinter der Stadt lösten Stromschnellen den ruhigen Flusslauf ab. Ein einfacher Pfad am Ufer begleitete das Wasser bis zum Engpass. An den Seiten prangten die beiden Fallfesten vor den Felsen, unter dem Banner des Königs von Bronnland.

Levent stand nicht alleine am Schlagbaum. Bürger aus Fährsteg wollten ins sichere Reichsgebiet, aber auch Eselskarawanen warteten auf Durchlass.

Ein Soldat winkte sie durch. Levent fiel in der Menge nicht auf.

Hinter den Wasserfällen wurde der Fluss wieder ruhiger.

Am Abend erreichten die Reisenden einen großen Guts- und Gasthof.

Die Fährstation arbeitete nicht, weil die Karinger nicht mehr an das Grab ihres großen Landoman pilgerten. Landoman hatte sein Mausoleum in der Mitte seines Reiches errichten lassen. Aber alles Land östlich des Nevrizian war seitdem an die Orks gefallen.

Später.

Levent kannte diesen Ort nicht. Vor vielen Jahren, als er selber ein Flüchtling war, hatte seine Route direkt durch das Orkland nach Fährsteg geführt.

Das Gut war ummauert, Felder und Weiden umzäunt. Arbeiter kümmerten sich um die Bewirtschaftung. Erstaunt erkannte er, dass Elben darunter waren. Er musste sich irren.

Er mietete sich ein Bad und ein Zimmer, streckte sich auf dem Bett aus und tagträumte. Erfrischt machte er sich auf in die Schankstube. Sie war voll, es roch nach Hausmannskost.

Tische waren keine mehr frei, nur einzelne Plätze. Er stellte ein leichtes Bier neben die Schnapsgläser von Männern in Arbeitskleidung: »Ich darf doch?«

Die Männer schoben ihm den Stuhl zurecht.

»Wem gehört das Gut hier?« fragte Levent, nachdem er Platz genommen hatte.

»Der Adjagarin«, lautete die verblüffende Antwort.

»Eine Adjagarin?« hakte Levent nach.

»Natürlich nicht direkt. Ihr Urgroßvater war noch einer. Er schützte die alte Kolonie drüben.«

Die Ruinen kenne ich, dachte Levent.

»Dann kam das übliche Chaos. Flut, Orks, Karinger.«

»Aber Euch geht es gut hier?«

»Ja, die Gutsleute halten zusammen. Egal, wo sie herkommen. Hier gilt noch die Ius!«

Levent nickte anerkennend.

»Und Sie?« wurde er gefragt.

»Ach, ich komme aus Boasp.«

»So ein weiter Weg. Händler...?« Die Frage hing in der Luft.

»Unser Unternehmen sucht neue Partner und Produkte.«

»Wie ist Boasp?«

»Ich kenne nichts vergleichbares. Ein Wunder an Fortschritt und Freiheit.«

»Stimmt es, dass die Soldaten Boasps Feuer speien wie Drachen?«

Levent nickte. »Ja, sie kämpfen auch mit Feuer. Aber auch mit Bolzen und Klinge.«

Die Küche bot zwei Gerichte an. Levent probierte saures Pferdefleisch.

»Dazu brauchen Sie aber ein starkes Bier.«

»Und einen Korn!«

Sie hörten schwere Regentropfen auf Dach und Fenster schlagen. Durch die Tür stolperten drei axtbewaffnete Flammen Gottes herein.

Die Arbeiter richteten sich auf, blieben aber sitzen.

Etwas unsicher schritt das Trio durch die Stube.

Keiner machte für sie Plätze frei.

Levent lächelte. Die Ablehnung der Fanatiker tat ihm gut.

Missmutig reichte der Schankwirt den Milizionären Getränke. In die relative Stille hinein erklang der ruhige Schritt von Reitstiefeln.

Eine Frau im Rentenalter erschien im Eingang. Sie trug praktische Kleidung. Levent fielen sofort die weiten Ärmel auf.

»Raus mit Euch.« Mehr sagte sie nicht.

Das Trio fühlte sich sichtlich unwohl, aber Levent sah auch, dass sie es nicht dulden konnten, so vorgeführt zu werden.

Sie legt es drauf an, dachte er, und so sehr er die Frau auch bewunderte, bei der es sich um die Adjagarin handeln musste, so sehr wusste er auch, dass sie sich in Gefahr begab.

»Und wenn nicht?« fragte einer der Axtträger.

Ein Knall war zu hören und er wurde zu Boden gerissen. Eine Bullenpeitsche hatte seinen Hals zerschnitten und gequetscht. Sie lag drohend neben ihm auf dem Fußboden, der Griff in der Hand der Frau.

»Kein Ort für Milizen«, stellte sie trocken fest.

Der Verletzte rappelte sich hoch, seine Kameraden griffen ihm unter die Arme, und wie getretene Hunde machten sich die drei aus dem Raum.

Mit einem kurzen Blick dirigierte die Adjagarin Levents Tischgenossen hinterher.

Der Raum applaudierte. Levent nicht.

Er spürte den Blick der Adjagarin, bevor sie zu ihm kam.

»Ich habe Sie gar nicht bemerkt«, stellte sie fest. «Sonst entgeht mir kein Gesicht.«

»Darunter leide ich Zeit meines Lebens«, entgegnete er. »Ich falle einfach niemandem auf.«

»Nuefa«, stellte sie sich vor.

»Levent.«

»Sie haben nicht geklatscht.«

»Deswegen haben Sie mich wahrgenommen.«

Sie lachte.

»Es war schön, das zu sehen«, meinte er. »Diese Kerle verbreiten in Fährsteg blanken Terror.«

»Nicht nur dort, aber da ist es am schlimmsten.«

»Sie werden sicher wiederkommen.«

»Wir hatten schon Besuch von Orkrauden und Karinger

Läufern.«

Levent zog die Augenbrauen hoch. Das klang in der Tat gefährlicher als die Flammen Gottes.

»Fährsteg sieht jämmerlich aus. Wie konnte die ganze Gegend so schnell so herunterkommen?« fragte er.

»Die drei Söhne von Landoman haben sich das Reich geteilt, weil sie Erbduelle fürchteten. Seine Enkel holen das nach, steigen aber nicht selbst in den Ring, sondern schicken ihre Soldateska.«

»Wie überall. Es wird sich nicht ändern. Früher oder später kommt ihr unter eine Herrschaft.«

»Wir gehören ja zum Bronnland.«

»Diese Miliz, wo kommt die her?«

»Aus irgendwelchen Löchern. Idioten. Fanatiker. Versager. Taugenichtse. Verbrecher. Wer sonst nichts schafft, schließt sich ihnen an.«

»Und wer finanzert das?«

Die Adjagarin schaute ihn listig an: »Das sind sehr konkrete Fragen. Sie sind Händler?«

»Aus Boasp.«

»Aus der großen Republik?«

»Gespräche enden manchmal so schnell«, lenkte er ab. »Ich habe mir angewöhnt, die Zeit zu nutzen.«

Sie nickte und kehrte zurück zu seiner Frage: »Sie rauben sich das Geld von ihren Opfern. Elben, Träumer, Begabte.«

»In Fährsteg wollten sie den Metzger aufhängen. Einen Ork.«

»Und?«

»Einem hat er das Gesicht abgebissen, einem anderen den Schädel zerdrückt.«

Sie lachte schadenfroh, doch dann wurde sie ernst.

»Aber ich glaube, der Kardinal höchstpersönlich finanziert sie«, sagte sie, jetzt leiser.

»Bitte?«

»Während das Reich drei Regenten hat, gibt es nur einen Kardinal. Ich glaube, er sieht sich berufen, die Jungen

Königreiche wieder zu vereinen.«

Levent lehnte sich zurück. »Stammt er von hier?«

»Seine Familie stammt aus Fährsteg und hat ihn als Kind nach Avenicum Dalor geschickt.«

Das ließ ihn aufhorchen. *Irgendwas stimmt da nicht.*

»Treibt die Miliz denn überall in den Jungen Königreichen ihr Unwesen?« fragte er.

»Vornehmlich Bronnland. In Loren gibt es Gruppen. Nur die Insel ist noch nicht verseucht.«

Sie stand auf. »Mein lieber Levent, so sehr ich es genieße, mit Ihnen zu plaudern - ich mache jetzt wohl besser meinen Rundgang.«

Er reichte ihr die Hand. »War mir ein Vergnügen.«

»Sie reisen weiter?«

»Morgen.«

»In das Bronnland?«

»Nein ich möchte nach Isle of Tull.«

Später.

Das Regengeräusch ließ Levent gut schlafen. Erst ein Klopfen weckte ihn. Er stand auf, öffnete die Tür und ließ Adjagarin Nuefa und einen dunkelhäutigen Mann eintreten. Sie kam direkt zur Sache.

»Verzeihen Sie die Störung. Ich möchte Sie um einen Gefallen bitten.«

»Wenn ich helfen kann«, antwortete Levent vorsichtig.

»Das ist Naobe Wei. Er muss hinauf in die Acha'Id.«

»Und ich soll ihm als Alibi für die Reise dienen«, schlussfolgerte Levent.

»Wenn es Ihnen nicht zu gefährlich ist.«

»Ich kann ihn als meinen Diener ausgeben oder Prokuristen.«

»Das wäre ausgezeichnet!« seufzte Nuefa.

»Dafür benötige ich aber einen besseren Anzug und auch Wilson benötigt einen.«

»Wer ist Wilson?«

Levi zeigte auf Naobe: »Na, er!«

Das schien diesen zu amüsieren. »Wilson«, wiederholte er. »Damit kann ich gut leben. Wir können versuchen, den Nevrizian hinaufzufahren bis Tull upon Isle. Das ist besser als der Landweg.«

»Und ich besorge die Anzüge«, meinte Nuefa.

Als Levent wenig später seine Zimmertür hinter den beiden schloss, war er sehr zufrieden. So unproblematisch ging seine Arbeit nur selten vonstatten.

Der nächste Tag.

Ausgestattet wie besprochen schifften sie auf einem Frachter ein, der in Gut Orkflucht Lebensmittel lud und diese nach Tull brachte. Die Besatzung war bronnländisch, und zu ihrem Missvergnügen befand sich auch ein Bischof der Kirche des Einen Gottes mit einem Inselgardisten als Eskorte an Bord.

Naobe raunte: »Unangenehm.«

»Solange wir den Bischof nicht angreifen, passiert nichts«, beruhigte Levent.

Er spürte, dass der Inselgardist sie musterte, aber Kleidung und Auftreten schienen zu überzeugen. Sie wirkten wie Geschäftsleute aus dem Ausland, und um das zu unterstreichen, machten sie Notizen und rechneten viel herum.

Während dieser Maskerade suchte Levent das Gespräch.

»Wilson, wer ist Lady Nuefa in diesem Spiel?« fragte er gerade heraus.

»Sie ist keine Freundin der Neuen Ordnung«, lautete die Antwort. »Aber das ist allgemein bekannt.«

Levent nickte. »Das ist wohl nicht alles.«

Naobe lächelte. »Nein, das ist nicht alles. So, wie Sie kein Händler sind. Ich bin zu lange durch Isrogant gereist, ich erkenne Heimlichtuer.«

Nachdenklich blickte Levent seinen Reisegefährten an. »In

Boasp gab es zwei Selbstmordanschläge mit *glanhíren*«, sagte er dann. »Das Thema interessiert mich.« Nach einer kurzen Pause fügte er hinzu: »Und ich war in Fährsteg.«

»Ich war auch in Fährsteg«, sagte Naobe. »Und in der Acha'Id kam der saisonale Magiewind nicht an. *Das* Thema interessiert mich.«

»Hängt der Magiewind mit Fährsteg zusammen?« fragte Levent.

Naobe nickte. »Das ist eine der interessanten Fragen. Wir können das gerne ein andermal vertiefen.«

Diese Unterbrechung des Gespräches fand Levent bemerkenswert. Wer war Naobe? Ein Mystiker? Ein Zauberer?

Der Schiffsverkehr nahm Richtung Bronnmündung zu.

Dörfer und Kastelle säumten die Ufer. Auch hier gab es herumziehende Milizionäre. Levent sah, dass der Inselgardist bei ihrem Anblick Abscheu zeigte.

Sie arbeiten wohl für den falschen Laden, vermutete er. Aber vielleicht tat er der Inselgarde auch Unrecht, und sie mochten einfach nur die undisziplinierte Brutalität der marodierenden Grüppchen nicht, ganz egal, welcher Richtung sie sich angeschlossen hatten.

Der erste Streckenabschnitt nach der Bronnmündung war ruhig. Allerdings störte der Kapitän den Frieden, indem er Besatzung und Passagiere warnte: »Der Fluss hat Niedrigwasser und wir kommen bald an die Sandbänke. Hier greifen schon mal Orkrauden an.«

Waffen wurden verteilt. Einige Passagiere prüften ihre eigenen Schwerter. Der Inselgardist begann mit Aufwärmübungen.

Gute Idee, stimmte Levent ihm innerlich zu. Auch er überprüfte seine Waffe. Zwangsläufig erregte das Aufmerksamkeit, doch angesichts der drohenden Gefahr nahm er das in Kauf.

Naobe tippte ihm an die Schulter. »Er kommt herüber«, sagte er. Auch seine Augen waren an Levents ungewöhnlicher

Ausrüstung hängen geblieben, aber er hatte nichts gesagt. Anders als der Inselgardist, der allerdings völlig freundlich war, als er Levent ansprach.

»Ist das eine Telmi?« fragte er.

Levent nickte.

Der Gardist schaute interessiert. »Sie sind Marineinfanterist aus Boasp?«

»Ich war. Jetzt arbeite ich für eine Export-Import-Gesellschaft.«

»Und die Waffe durften Sie behalten?«

Levent lachte. »Nein. Ich habe sie mit viel Glück auf einem Schwarzmarkt erworben. Wenn man einmal an einer Waffe ausgebildet wurde, ist sie wie ein Teil von einem selbst. Und wer lässt sich schon gerne etwas amputieren.«

Der Gardist grinste zustimmend. »So geht es mir auch.«

»Darf ich?« fragte Levi und deutete auf das Leichtschwert an der Hüfte seines Gegenübers. Nach nur kurzem Zögern erhielt er es.

»Es wiegt nicht mehr als eine Feder«, sagte er anerkennend. »Es ist wie eine überdimensionale Nadel.«

»Schauen Sie genau hin. Die Klingen der Leichtschwerter haben unterschiedliche Profile. Manche haben drei scharfe Kanten, manche vier. Dies hat fünf.«

»Ein Meistwerk der Schmiedekunst!« Levent reichte es zurück. »Für einen Meister der Fechtkunst!« Er wusste, dass das nicht übertrieben war. Die Federfechter der Inselgarde waren legendär für ihre Kampfkunst.

»Hoffen wir auf Orks, ich möchte eine Telmi gerne mal in Aktion sehen.«

Das Schiff wurde immer langsamer. Am Bug wurde gepeilt, an den Seiten hingen Matrosen und spähten über die Wasseroberfläche. Mit langen Stangen schob die Mannschaft den Frachter voran.

»Hoffentlich muss ich keine Ladung abwerfen«, grummelte der Kapitän.

Seine Sorge war nicht unbegründet. Wie aus dem Nichts huschten Ork aus dem Gras und sprangen durch knietiefes Wasser in Richtung des Schiffes. Levent hechtete nach Steuerbord, seine Telmi-Schleuder im Anschlag. Mit den ersten Bolzenschüssen tötete er die Hälfte der Angreifer. Auf der Backbordseite wurde das Schiff geentert. Levent griff nach weiteren Bolzen. Die Orks hingen jetzt auch hier an der Bordwand.

Entschlossen sprang er seinerseits ins Wasser und nahm die Angreifer in einer Linie. Die Telmi ließ ihn nicht im Stich, nur zwei der Orks überlebten den Beschuss und griffen ihn an. Einen erschoss er direkt vor sich. Der zweite packte ihn.

Nur nicht mein Gesicht, dachte er. Weil er sich wegdrehte, schlug sein Gegner ihm eine tiefe Risswunde auf dem Rücken.

Er wand sich aus dem festen Griff, der ihn unter Wasser drücken wollte, und es gelang ihm, den Ork mit dem Bajonett zu töten. Vom Schiff warf ihm Naobe ein Tau zu.

Mühsam erklomm er das Deck. Auch Naobe hatte Wunden davongetragen. Neben ihm lag ein toter Matrose. Einige Besatzungsmitglieder krümmten sich verstümmelt an Bord. Der Inselgardist hatte alleine den Bug verteidigt. Er war mit Blut bespritzt.

Eine Handvoll Orks floh zu beiden Seiten des Flusses. Levent schätzte die Entfernung, befand, dass er noch eine Chance hatte, und erschoss die Flüchtenden in Richtung Bronnland. Die anderen sollten ruhig von ihrer Niederlage berichten. Er sah ihnen nach und bemerkte gar nicht, wie der Inselgardist zu ihm trat.

»Viel habe ich nicht gesehen«, sagte er bedauernd. »Es ging so schnell.« Er zeigte auf die im Wasser treibenden Orks: »Ihre?«

Levent nickte.

Der Gardist pfiff anerkennend, dann sah er sich nach seinem Schützling um. Er sah den Bischof beim Kapitän.

»Mit Ihren Verwundeten sollten wir vielleicht nach Nöln

zurück«, stellte er fest.

Der Kapitän schnaubte. »Kommt gar nicht in Frage. Wer nach Nöln will, kann hier aussteigen. Die Fracht wird nach Tull upon Isle geliefert!«

»Bis wir in Tull sind, grassiert das Wundfieber«, bemerkte Naobe leise und sah Levent dabei zu, wie er Nadeln von Doktor Hu aus seinem Beutel holte.

»Von ihrem Hausarzt?« fragte er lächelnd.

»Ja.«

Naobe legte die Hand auf Levents Wunde, und sofort ließ der Schmerz nach. Mit einem freundlichen Nicken sagte er: »Ich heile den Rest später, es fällt sonst auf.«

Mit einem Mal fühlte Levent sich erleichtert. *Ein Heiler.* Naobe Wei war ein Heiler.

Aber wohl nicht nur.

»Wie haben Sie gekämpft?« fragte er. »Ich sehe keine Waffe.«

»Nooq«, antwortete Naobe.

Die alte Elbenkampfkunst.

»Sie brauchen mich wirklich nur zur Tarnung«, sagte Levent.

»Ja. Aber ich schätze Ihre Begleitung.«

Später.

Der Lebensmitteltransport erreichte Tull. Die Stadt lag am Zusammenfluss der Flüsse Nevra und Zian, offiziell also am Anfang des Großen Flusses. In Wirklichkeit aber stammte sein Wasser aus den Marschen der Acha´Id.

»Wo ist die Insel?« fragte Levi. »Tull upon Isle?«

»Weit im Norden verbindet ein Kanal die Flüsse«, antwortete Naobe. »Die Insel ist das Kerngebiet des Teiches. Isle of Tull.«

Sie entschlossen sich, in Tull eine Pause einzulegen, um Wunden zu heilen und Ausrüstung zu ergänzen. Im Hafenviertel fanden sie ein Zimmer und Ruhe, die Naobe benötigte, um seine Heilkünste voll zu entfalten.

Fasziniert sah Levent, wie Wunden sich schlossen und

Entzündungen schwanden. Erschreckt bemerkte er, wie ausgelaugt sein Reisegefährte hinterher war. Er benötigte eine Pause.

Levent nutzte sie, um durch die Stadt zu streifen. Er suchte nach Möglichkeiten der Weiterreise. Noch immer favorisierte er den Wasserweg; es gab aber nur kleinere Versorgungsschiffe für die Siedlungen am Kanal.

Dann fand er das Dalington Theater. Er besuchte eine Vorstellung und verstand keine der historischen Anspielungen, aber die Sprache verzauberte ihn. Mit einer Zitatensammlung in den Händen kehrte in die Pension zurück. Er begann, Naobe daraus vorzulesen.

»Hören Sie auf!« bat dieser nach einer Weile. »Ich kannte Dalington persönlich.« Levent konnte nicht beurteilen, ob dies ein positives oder negatives Urteil beinhaltete, doch Naobe fügte hinzu: »Außerdem gibt es ja noch Dinge zu bereden.«

Levent setzte sich neben das Bett. »Fährsteg.«

»Die Altwalden haben mich beauftragt, herauszufinden, warum der Magiewind dieses Jahr ausblieb.«

Die Altwalden. Levents Hirn arbeitete fieberhaft. Der Name war ihm bekannt – natürlich. Die Altwalden waren magische Wesen aus den Steppen der Acha´Id, und sie sammelten *achí*, magische Energie. Die Magiewinde transportierten *achí*, und Magiere benötigten es, um ihre Zauber zu wirken.

Naobe war also ein Kundschafter. Im Grunde genau wie er selbst.

»Was haben Sie herausgefunden?«

»Ich folgte der Windroute und fand die Anomalie in Fährsteg.«

Levent zog die Brauen nach oben. »Was war es?«

»Die Kathedrale. Sicher haben Sie sie auch gesehen, sie ist noch im Bau. Aber der Fahnenmast im Turm, der ist schon errichtet.«

»Und der verursacht magische Anomalien?«

»Er ist aus purem Orkenbein!«

Levent hob die Hand: »Können wir ganz vorne beginnen? Was hat Orkenbein mit Magie zu tun?«

Naobe lehnte sich vor. »Orkenbein ist der Werkstoff der Acha'Iden. Geschmolzene Knochen und geformte Knochen. Es hat fast die Leitqualität lebender Knochen.«

»Und die Altwalden?«

»Sagen wir so: Sie gehören zum harten Kern des magischen Isrogant.«

»Gibt es eine Verbindung zu den Anschlägen in Boasp?«

Eine abwehrende Handbewegung war die Antwort. »Ganz sicher nicht. Das müssen andere Kräfte sein. Die Zerstörung von *glanhíren* klingt nach schwarzmagischer Praxis.«

Levent dachte eine Weile nach, setzte die einzelnen Stücke in seinem Kopf zusammen. »Die Kathedrale dient also dazu, Magiewinde abzufangen.«

»Scheint so.«

»Und wenn Fährsteg so wichtig ist, wieso duldet dann der Kardinal dort solche Zustände und die Herrschaft einer Miliz?«

»Dieser Hintergrund ist mir unklar. Wie hat ein Kardinal überhaupt solchen Einfluss?«

»Seit das Kloster Avenicum Dalor die Träumer verdrängt und das Ruder in der Kirche übernimmt, hat sich vieles geändert. Als hätte nicht die Große Flut schon genug Unheil angerichtet.«

Eine kurze Zeit schwiegen beide. Dann sprach wieder Naobe. »Die Radikalen vom Berg, ja. Und die Große Flut. Beides haben wir in der Acha'Id kaum wahrgenommen.«

Das konnte Levent kaum glauben.

Der nächste Tag.

Sie schifften sich auf einem kleinen Kutter ein, der Waren zum Kanal beförderte.

»Wenn sie Ihren Bericht hören... was werden die Altwalden tun?«

»Sie werden die Vernichtung der Kathedrale anordnen.«

»Und wie? Invasion aus der Acha'Id?«

»Ich schätze, das muss der Widerstand übernehmen.«

»Oder Boasp.«

Naobe schaute ihn an. »Könnten Sie Boasps Kriegspläne so beeinflussen? Wäre es nicht leichter, den Widerstand zu überzeugen?«

»Leichter für wen?«

»Ich kenne Ihre Rolle nicht, Levent. Nicht, was Sie hier tun, und nicht, was Sie zu tun vermögen.«

Den Widerstand überzeugen, dachte Levent. *Aktiv oder passiv? In Fährsteg hingen auch Kinder am Galgen.*

»Naobe, wer sprengt sich mit *glanhíren* in die Luft? Und riskiert ein neues Raftja?«

»Raftja liegt über tausend Jahre in der Vergangenheit, die Schrecken der Magierkriege sind nur noch Legende. Vielen ist der magische Widerstand zu zauberhaft. Vielleicht gibt es neuerdings schwarze Methoden.«

Als der Kutter den Kanal erreichte, verabschiedeten sie sich.

»Wie kann ich Kontakt aufnehmen?« fragte Levent.

»Wollen Sie das?«

»Vielleicht stammen die Attentäter aus dieser Region. Hier ist alles voller Hass und Verzweiflung.«

Darüber dachte Naobe kurz nach. »Wer weiß das schon? Auch wenn ich mich frage, ob er hier noch Mystiker gibt, deren Können ausreicht für ein solches Attentat. Aber wenn Sie dem gemäßigten Widerstand zum Erfolg verhelfen...«

»... bekämpfe ich die Radikalen«, bestätigte Levent. »So oder so ergibt das Sinn.«

Naobe drückte ihm etwas in die Hand, klein und rund. »Dies kommt von den Altwalden. Es ist mächtiger, als es aussieht.«

Levent betrachtete es. Eine ordinäre Eichel, wie man sie in vielen Wäldern finden konnte.

»Und was mache ich damit?«

»Zeigen Sie es, wenn sie hier oder im Umfeld der Acha´Id

auf Magische stoßen. Halten Sie sich westlich in den Bergwald, dann immer weiter südwärts. Vielleicht stoße ich bald schon wieder zu Ihnen.«

Levent sah dem dunklen Mann nach, als er sich schnellen Schrittes in Richtung Wildnis entfernte. Er trug noch immer seine Reiseverkleidung, die jetzt vollkommen unpassend wirkte.

Wilson, dachte Levent. Und hatte den Eindruck, dass Naobe Wei diese ganze Maskerade gar nicht nötig gehabt hätte. Er hatte wohl einen anderen Grund gehabt, nicht alleine zu reisen.

Levent schaute dem Kutter nach, der seine Waren gelöscht hatte und jetzt wieder zurück in den Strom glitt. Seine Mannschaft war unterwegs nach Hause.

Er nicht.

Ins Elbishire

Levent verabschiedete Naobe Wei an der nördlichen Grenze der Isle upon Tull, des nördlichsten der drei Jungen Königreiche. Es schien, König Liam kümmerte der Konflikt um die Krone seines Großvaters kaum. Das kleine Reich zwischen den Wasserstraßen machte einen mit sich selbst zufriedenen Eindruck.

Während Naobe Wei unbesiedeltes Land durchquerte, um an die Kreidefelsen der Acha'Id zu gelangen, zog Levent westwärts den Kanal entlang. Er stellte sich vor, wie der Magier jenen merkwürdigen Wesen über den Verbleib des Magiewindes Bericht erstattete, die sich die Altwalden nannten. Levent fragte sich, ob sie wie Bäume aussahen oder nur in Wäldern lebten.

Hätte er Naobe nur danach gefragt.

Er begegnete niemandem auf seinem Marsch. Nur hier und da sah er Zeugnisse von anstrengender Arbeit: Das Ausbessern des Kanals zwischen den beiden Ursprungsflüssen des Nevrizian musste wegen der Kälte des Wassers unbeliebt sein. Er vermutete in dieser Wassergrenze einen Grund für die relative Sicherheit des hiesigen Königreiches vor den Gefahren der nördlichen Wildnis.

Umso überraschter betrachtete er die Fährstation, an die er gegen Abend gelangte. *Ich dachte, nördlich des Kanals lebt niemand mehr.*

Ein Gatter umzäunte unruhig blökende Schafe. Levent fragte

sich, ob seine Anwesenheit die Tiere beunruhigte – oder die sich ankündigende Dunkelheit. Das Blockhaus der Station war im wesentlichen ein Krämerladen, unübersichtlich angefüllt mit allerlei Ware. Levent überflog das Angebot.

Ihm fielen einige Dinge auf, die im Grunde nicht hierher gehörten. Seine Hand glitt über feine Kleidung, ähnlich dem Anzug, den ihm Lady Nuefa auf Gut Orkflucht als Tarnung gegeben hatte: Als Handelsvertreter war er aufgetreten, mit dem Magier Naobe Wei in der Rolle seines Prokurators.

Levent musste lachen bei der Vorstellung, wie der Magier in seinem feinen "Wilson"-Anzug den Altwalden gegenübertrat.

Ein Teeservice aus Porzellan leuchtete förmlich im Licht. Er blätterte in Büchern, die unachtsam zu einem Stapel gehäuft lagen. Schriften von Dalington. Traumbücher. Adjagarensagen. Neuere Ausgaben der Zweiten Offenbarung und der folgenden heiligen Schriften.

Eine robuste Frau trat aus dem Hinterzimmer. Ein großer Hund folgte ihr auf dem Fuße.

»Guten Abend. Möchten Sie etwas kaufen?« Ihr Isrogant klang breit und rauh.

Levent hielt eines der Bücher empor: »Wer liest so etwas hier oben? Schafzüchter und Torfstecher?«

Die Frau schüttelte den Kopf: »Nein. Das ist Ware für den Norden.«

Levent war überrascht: »Sie meinen nördlich des Kanals?«

»Ay. Für die Leute im Elbishire«, bestätigte sie.

»Elbishire klingt, als ob dort Elben leben würden? Gehört das Shire noch zum Königreich?«

Die Krämerin nickte: »Es ist sogar fast so groß wir die eigentliche Insel. Es ist das Lehen des Earl of Elbishire.«

Wenn dort Elben leben, wird Naobe Wei wohl kaum in die Acha'Id wandern, ohne mit ihnen Kontakt aufzunehmen. Außerdem hat er das Elbishire nicht erwähnt. So etwas machte Levent grundsätzlich misstrauisch. »Ist das Elbishire altes Siedlungsgebiet der Elben?«

Sie nickte abermals. Ungeduldig fügte sie hinzu: »Kaufen Sie nun etwas? Nur fürs Schwätzen habe ich keine Zeit.«

Er sah aus dem Blockhaus hinaus. Der Abend kündigte sich an. »Ich würde mir gerne feste Reisekleidung zulegen. Und geht es, dass ich im Schutz des Hauses übernachte?«

Levent hatte sich bereits entschieden, dem Elbishire einen Besuch abzustatten, allerdings erst am kommenden Morgen.

Die Krämerin nahm seinen feinen Anzug in Zahlung. Er verzog sich mit einem Schlauch Met und Buttergebäck in die Scheune zurück. Im letzten Tageslicht warf er einen Blick auf eine bereits ältere Zeitung.

> Boasp entsendet eine größere Flotte an die Grenze der Südgäu.
>
> Nicht unweit von Fährsteg wird ein scheinbar dauerhaftes Militärlager aufgebaut.
>
> Flüchtende Träumer und Magische aus dem sogenannten Gottesstaat des Veit nutzten die Gelegenheit, im Schutz der boasper Flotte eine Siedlung einzurichten. Sie trägt den provokanten Namen Antipolis.

Levent legte die Zeitung kurz nieder. *Also haben sie schon reagiert auf diesen Veit.* Er glaubte aber nicht, dass dieser Entschluss durch die Nachricht seines Dracheninsektes ausgelöst wurde. Er traute diesen Tieren nicht. Er hatte Vlad stets gewarnt, dass die kleinen Boten von allen möglichen Vögeln gefressen werden würden. Sicher waren es altmodische Informationswege in Kombination mit Erkenntnissen des Observatoriums, die den Aufsichtsrat Boasps bewogen hatten, aktiv zu werden.

Er seufzte. Er wäre jetzt lieber bei seinen Kameraden auf den Schiffen gewesen, als hier am Rande der zivilisierten Welt.

Eine weitere Nachricht weckte seine Aufmerksamkeit:

> Nach Fährsteg hat eine zweite Stadt in den jungen Königreichen ihren Dom. Nöln, Residenzstadt des bronnländischen Königs, am Zusammenfluss von Bronn und Nevrizian, kann sich nun auch Domstadt nennen.

Allerdings sieht dieser Dom anders aus als sein älterer Bruder in Fährsteg. Der Rundkuppelbau mit dem schlanken Turm ist bei den Einwohnern der Stadt nicht unumstritten. Kardinal Joch von Freising erklärte die eher traumklassich anmutende Bauweise durch den engen Bauplatz.

Eher beiläufig überflog er die Berichte über neue Sätze aus der heiligen Grotte Avenicum Dalors und die Sportmeldungen. Die Karinger und insbesondere die Inselbewohner liebten einen Sport namens Rauhball. Er hatte noch kein Spiel gesehen, aber der Zustand der Spielfelder bestätigte den namensgebenden Charakter des Spiels: rauh. Da lobte er sich die Sportarten Boasps: Schwimmen und Wellenreiten.

Es wurde zu dunkel, um weiter zu lesen. Außerdem begannen die Schafe allmählich, das warme Stroh aufzusuchen. Die Krämerin und ihr Hund trieben die letzten Tiere hinein und verschlossen das Scheunentor. Es war zwar warm und dunkel, aber auch laut und geruchsintensiv. Levent fand nur mühsam Schlaf. Am nächsten Morgen war er unausgeschlafen.

***

Die Krämerin schien sich wirklich alleine um alles zu kümmern.

»Sagen Sie, fürchten Sie sich nicht so alleine hier draußen?«

Die Frau beäugte ihn misstrauisch, was ihren Hund sofort alamierte. Knurrend zeigte er Levent, dass er und seine Besitzerin ein eingespieltes Paar waren.

»Ich weiß mich schon zu wehren«, gab sie barsch zurück.

Sie stieß den Nachen vom kleinen Steg ab, tauchte die Ruder ins Wasser und brachte Levent ans gegenüberliegende Ufer. Ins Elbishire.

Levent bezahlte großzügiges Trinkgeld. Falls er hierher zurückkehrte und vielleicht sogar Hilfe brauchte, wollte er in guter Erinnerung geblieben sein. Er folgte nun einem breiten

Trampelpfad. Der Boden war zertreten von abertausenden Hufabdrücken, kahl gefressen und übersät mit Dung, Überbleibsel von Schafherden.

Im Morgenlicht glänzten die Kreidefelsen der Acha'Id so sehr, dass ihn die Augen schmerzten.

Er folgte dieser Route fast den ganzen Tag. Sie war der sicherste Weg, auf eine Siedlung zu stoßen. Von irgendwo her und von irgendwem mussten die Tiere schließlich zur Fährstation getrieben werden.

Im Wandern rekapitulierte er seine Erkenntnisse: *Ein fanatischer religiöser Führer gründet einen Gottesstaat, ein ambitionierter Kardinal baut Dome, Enkel führen einen Bürgerkrieg um die Kaiserkrone ihres Großvaters, ein magischer Widerstand organisiert sich irgendwo zwischen den Altwalden, Naobe Wei und Lady Nuefa.*

Noch waren es zu wenige Verbindungsstücke, um sinnvoll Schlüsse zu ziehen. Um seine Energie nicht in nutzlosen Spekulationen zu vergeuden, verlegte er sich auf das Tagträumen, eine alte Praxis, die Dr. Hu wärmstens empfahl. Und das, obwohl sie nicht elbischen Ursprungs war, sondern als traumreligiöse Praxis galt.

Gegen Nachmittag unterbrach er seinen Marsch, um ein Nachtlager vorzubereiten. Mit einem Spaten löste er größere Moosflächen ab und isolierte den Boden. Er entzündete trockenen Schafdung und schichtete daneben solchen auf, der noch feucht war. Gegen Abend würde das Feuer die Nässe vertrieben haben. Dann würde er auch ihn als Brennmaterial nutzen können.

Neben seinem Lager absolvierte Levent das kleine Trainingsprogramm der Marinesoldaten, welches Piccolo, der Waffenmeister des Arsenals, eigens für die militärische Ausbildung entwickelt hatte. Wie immer zufrieden nach dem Üben zog er den warmen Reisemantel um seine Schultern und legte sich hin. Der Marsch war anstrengend gewesen.

Das letzte, was er an diesem Tag sah, waren die Kreidefelsen der Acha'Id, jetzt nicht mehr weiß, sondern im Abendrot glühend wie Kaminfeuer. Sie schienen regelrecht zu lodern; ein Phänomen, das er sich nicht erklären konnte. Das überwältigende Panorama lenkte ihn ab, nachlässig begann er zu träumen.

***

Das selbst gebaute Moosbett hielt Levents unruhigen Schlaf nicht aus. Es begann sich aufzulösen. Er träumte von einer Begebenheit, die schon so lange zurück lag, dass er sich kaum noch erinnerte. Sie ereignete sich zu Beginn seiner Grundausbildung, kurz nachdem er in Boasps Bootsviertel angeschwemmt worden war – als kleines Teilchen eines der großen Flüchtlingsströme.

Er hatte die Wahl gehabt, in der Unterwelt der Metropole einzusteigen. Als Schuldeneintreiber oder Leibwächter hätte er sich schnell einen Namen machen können. Levent aber wollte mehr als Geld. Er wollte eine Heimat, in der er anerkannt war. Deswegen führte ihn sein Weg schließlich in das Arsenal der Republik, wo er sich als Freiwilliger einschrieb. Dort hatte der Weg begonnen, der ihn schließlich zu diesem Traum im Elbishire führte, hoch im Norden der Jungen Königreiche.

Levent und sein Ausbildungsjahrgang mussten ins Biwak. Das Trainingslager war verstreut über verschiedene Inseln im Delta des Nevrizian, einem Schilfmeer, in dem sich die Inseln hinter hohen Graswänden verbargen. Die Kanäle zwischen den Inseln waren in der Regel mit kleinen Brücken verbunden. Levent und seine Kameraden stiegen nur auf ausdrücklichen Befehl ins Wasser.

Am Tag des Vorfalls betrat Levent als erster eine kleine Insel, führte eine Schützenreihe von Marinesoldaten an. Unter sich sah er die riesenhafte Silhouette eines Salzwasserkaimans. Er hörte seinen Ausbilder warnen: »Passt auf! Diese Biester sind weitaus aggressiver als die genügsamen Flusskrokodile!« Mit dem Bajonett der Telmi-Schleuder schob er sachte das Gras beiseite, vorsichtig suchend.

Unvermittelt stand er auf einer Lichtung. Niedergetrampeltes Gras und Buschwerk. Ein verirrtes Fusspferd starrte ihn mit kleinen, panikerfüllten Augen an.

Im Traum erschien ihm das Tier wieder wie jene Mischung aus Nashorn und Elefant, als die er es zunächst wahrgenommen hatte. Es öffnete sein Maul, das nur aus Kiefermuskeln zu bestehen schien, aus denen gewaltige Eckzähne ragten. Eine tödliche Waffe, die sich auf Levent zubewegte, getragen von der wuchtigen Masse des riesigen Tieres. Levents Handführer schoss seine Bolzen in den Rachen des Tieres, und auch er selbst griff nach seiner Schusswaffe, um den wankenden Koloss zur Strecke zu bringen, bevor er ihn erreichte.

Sein Instinkt rettete Levent das Leben, nachdem sein Verstand es schon nicht tat. Hatte er noch im Traum zu seiner Telmischleuder gegriffen, so spürte er jetzt die nachtkühle Waffe auch im Erwachen. Im Halbschlaf träumte er noch, dass das Flusspferd nicht zu Boden fiel, sondern sich verwandelte, in etwas abstrakt großes, unheimliches.

Langsam wurde er wacher, konnte Traum, Tagtraum und Realität unterscheiden. Ein Raubtier starrte ihn an. Es erinnerte Levent an einen Steppenlöwen, nur dass dieses Tier ein graues Fell hatte und alleine war – nicht im Rudel.

Sein Blick wanderte zwischen Levents Augen und seiner merkwürdigen Waffe hin und her. Etwas unschlüssig bewegte es sich, begann Levent zu umkreisen, der sich mitdrehte, jetzt aufmerksam und wach. Er ertastete sachte mit der rechten hinteren Hand den Status seiner Waffe. Sie war gespannt. Erleichtert und jetzt seelenruhig wartete er jetzt ab.

Die Gelassenheit des Menschen und das unbekannte Etwas in seinen Händen veranlassten das Raubtier zu einem plötzlichen Rückzug. Es drehte sich um, trottete von dannen und verschwand in der Heidelandschaft.

Levent atmete aus. »Idiot«, beschimpfte er sich selber. In

dieser faunaarmen Gegend mussten die Schafherden große Raubtiere regelrecht mit sich führen. Was sollten die sonst hier fressen? Und er hatte sich unbedacht auf ihrer Wanderroute schlafen gelegt, sozusagen im Restaurant der Jäger.

Er absolvierte leichte Morgenübungen, frühstückte kurz und machte sich wieder auf den Weg.

Unangenehmer Wind blies ihm ins Gesicht.Vermutlich stammte er aus der Acha'id.

Er wünschte sich ein Pferd, obwohl er als Marinesoldat Boasp gewöhnlich eher den Planken eines Schiffes vertraute. Lange Marschrouten war er nicht mehr gewohnt. Als Flüchtling hatte er seine Kindheit auf den Füßen verbracht, aber seit er Marinesoldat geworden war, waren Schiffe, Städte und Ufer sein natürlicher Lebensraum geworden.

***

Gegen Mittag war seine Qual vorerst vorbei. Vor ihm lag ein kleines Städtchen an einem malerischen See, mitten im kargen Grasland. Er wunderte sich.

Ich hätte die Siedlung nachts an den Lichtern ausmachen müssen.

Vermutlich verdunkelten die Einwohner aus Sicherheitsgründen.

Diese These revidierte er bald, denn er fand nirgends eine Stadtmauer. Ein Willkommensschild verriet ihm den Namen des Ortes: Hainlington.

Die Siedlung lebte offensichtlich vom See. Er sah Fischerboote am Ufer und Herden rundherum. Ein nahezu quadratisches Herrenhaus bildete den Endpunkt einer Hauptstraße, beidseitig mit Häusern gesäumt. Ein großes Portal stand offen. Wächter sah Levent keine, aber Personal, das sich um das Anwesen sorgte.

Der Straße folgend, las er viele elbische Schilder über den Ladenlokalen. Hier hatten sich Ärzte, Schriftgelehrte und Nooqlehrer angesiedelt. Nooq, die alte magische Kampfkunst der Elben, war Bestandteil gleich zweier Adjagarenkünste, der Ars Mystika und Ars Nooma. Levent lächelte. Mystika und Nooma waren nicht die Künste, für die er sich interessierte.

Am Ende der Straße erhob sich eine Kirche. Sie gehörte der alten, der Ersten Offenbarung an, deutlich zu erkennen daran, dass sich den Straßenabschnitt in ihrer Nähe vor allem Traumdeuter und Traumlehrer teilten. Auch Levent war ein Träumer.

Der Kirchbau war neu, jünger jedenfalls als die Siedlung.

Er erklomm die Stufen zum Portal und las eine bronzene Gedenktafel neben dem runden Eingangstor: »Gestiftet vom Earl des Elbishire.« Die Inschrift gefiel ihm. Knapp und bündig und vor allem, ohne sich selber zu loben, wie es Mäzene sonst gerne taten.

Er umrundete die Kiche. Es war ein achteckiger Baukörper mit einem kuppelförmigen Dach. Er verließ den Kirchenhügel wieder über die Stufen vor dem Haupteingang und entschied sich, einer kleinen Straße zu folgen. Sie erwies sich als Parallele der Hauptstraße und führte an hübschen Gärten vorbei. Der Weg trennte See und Siedlung. Das Seeufer war hier zu einer kleinen Aue gestaltet worden, mit Wasserbäumen und Spielgelegenheiten für Kinder. Levent konnte sich vorstellen, dass man hier auf den Uferbänken, mit Blick auf See und Kreidefelsen, herrlich entspannen konnte.

Angler grüßten ihn, als ob sie nicht fürchteten, die Fische zu vertreiben. Levent fragte sich, ob er nicht auffiel, in so einem kleinen Ort, zwischen all den Menschen, deren Teint eher hell bis rötlich war.

Hunde wurden spazierengeführt, Kinder spielten auf eigens gezimmerten Spielgeräten und ein Rauhballplatz wartete darauf, abends von den Jugendlichen benutzt zu werden. So viel Idylle war ihm fast unheimlich.

Die Straße führte zurück zu dem Herrenhaus. In das Gebäude gelangte man über eine Veranda, die hinter massiven Säulen halb geschützt lag. An den Säulen bemerkte Levent Schienen für Fallgitter. Die Veranda wurde bei Bedarf in einen

Käfig verwandelt. Weitere Sicherheitsmaßnahmen konnte er nicht entdecken. Er vermutete aber, dass in dem relativ flachen Dach Balkone eingelassen waren, die einen idealen Platz für Schützen abgaben. Wachen sah er unter dem Personal keine.

Levent sprach einen Fahrer an, der auf einem Kutschbock hockte und wartete.

»Guten Morgen, der Herr. Ist dies das Schloss des Earl?«

Der Fahrer, ein robuster rothaariger Mann, antwortete: »Genau. Der Earl ist aber unterwegs. Sind Sie fremd hier?«

Levent reichte ihm die Hand: »Mein Name ist Levi. Ich bin Handelsreisender aus Boasp.«

»Boasp? Alle Achtung. Liegt das nicht am anderen Ende Isrogants?«

»Soweit ist es gar nicht von hier.«

»Sie sind schon der zweite Fremde, der den Earl besuchen möchte. Und Fremde verirren sich selten hierher.«

Levent wurde hellhörig und hakte nach: »Noch ein Fremder? Nicht etwa ein dunkelhäutiger Mann in einem feinen Anzug?«

Der Fahrer nickte: »So sah er aus. Er ist dann mit dem Earl zu Robao gegangen.«

Naobe, dieser Gauner, ist keineswege direkt in die Acha'Id marschiert. Aber was wollte er hier?

»Und wer ist dieser Robao?«

»Robao ist ein Freund des Earl. Der einzige menschliche Nooqmeister hier. Man sieht sie schon mal zusammen üben am Ufer.«

Levent gelang es nicht, sich ein Bild der hiesigen Situation zu machen. So viel Offenheit und Unbekümmertheit an einem Herrensitz begegnete einem nicht häufig im Isrogant dieser Tage.

»Wo kann ich denn diesen menschlichen Nooqmeister finden?«

Der Fahrer wies mit der Peitsche die Hauptstraße hinunter: »108. Wenn Sie wollen, sage ich dem Earl Bescheid, das Sie sein Gast sind.«

Ein Dienstbote sprach Einladungen im Namen seiner Herrschaft aus? »Ich denke, der Earl ist nicht da?«

»Ach so«, sagte der Fahrer, »ich meinte den alten Earl. Der junge Earl ist nicht da.«

***

Ein unscheinbares Schild verkündete: »Robaos Nooq Institut.«

Levent trat an die Holztüre und klopfte. Wie er erwartet hatte, öffnete niemand. Entweder Naobe war mit dem Earl und Robao in einer Privatstunde, oder die drei befanden sich gar nicht mehr in Hainlington. Levent klopfte ein zweites Mal. Diesmal öffnete sich ein Fenster, allerdings am Nachbargebäude.

Ein Frauenkopf schob sich hinaus: »Rob ist mit dem Earl weg... und noch so einem Komischen.«

Levent verwickelte die Dame in ein kurzes Gespräch, in dem sich die Informationen des Fahrers bestätigten. Er erfuhr zudem, dass Robao und der Earl seit Kindheit Freunde waren, dass Robao nur noch wenige Schüler unterrichtete, seit er vor einigen Jahren seine Schule geschlossen hatte, nachdem Iplas, sein eigener Lehrer, verstorben war.

All das ging in einer Flut von Klatsch und Tratsch unter. Die Frau hörte nicht auf zu reden, bis Levent sich schließlich wünschte, irgend jemand würde sie unterbrechen, um ihm die Flucht zu ermöglichen.

Bedauerlicherweise hatte er sich der Arte Ästhetika, einer anderen Adjagarenkust, nicht genug gewidmet. »Zu viel Politik und zu wenig Militär«, hatte er stets beharrt. Wie sehr er sich damit geirrt hatte.

Natürlich spürte Levent Zeitdruck. Ihn bekümmerte das Schicksal der Träumer und Elben in Fährsteg und der Südgäu. Das Geheimnis hinter den Bombenattentaten in Boasp zu untersuchen, war ihm zu einem persönlichen Anliegen geworden. Mit Naobes Untersuchungsergebnissen hatte Levent konkretere Informationen an die Hand bekommen, als er zu Beginn seiner Mission erhoffen konnte, als noch es lapidar gehießen hatte: »Loten Sie die Lage in den jungen Königreichen aus. Identifizieren Sie die Fronten. Die konkreten Attentäter werden wir wohl kaum ermitteln können.«

Gab es eine unmittelbare ursächliche Verbindung zwischen der Absorption magischer Energie durch die Dome und der Nutzung von *glanhíren* als Explosionsträger? Das würde eine Beteiligung von Kirchenkreisen nahelegen. Ein politischer Skandal erster Ordnung. Lag daher nicht ein zeitlicher Zufall viel näher? Ein Zusammenhang, gegeben durch den allgemeinen Kulturkampf zwischen neuer Ordnung und alten Traditionen?

Dennoch ignorierte Levent das Ticken der Uhr. Er wollte mehr über den Mann wissen, der in diesem seltsamen Städtchen das Sagen hatte, der mit einem menschlichen Nooqmeister vertraut und ihm gemeinsam mit diesem Naobe Wei an einen unbekannten Ort gefolgt war. Er kehrte zum Herrenhaus des Earl zurück und nahm das Angebot des Kutschfahrers an.

Das Sitz der Earls war ein offenes Haus. Es gehörte zur Tradtion der Familie, allen einen Platz bei Tisch zu bieten, solange ein Stuhl frei war. Eine Tradition, die Levent imponierte. In Boasp wähnten sich alle als Gleiche unter Gleichen unter dem Dach einer Republik, und dennoch gab es eine klar erkennbare Klassengesellschaft. Weil die Marine die besten Möglichkeiten bot, diese Klassenschranken zu überwinden, war Boasp eine militärische Gesellschaft.

Hier war das anders. Das Kaminzimmer des Herrenhauses war ausgefüllt mit einer großen runden Tafel. Alle Stühle waren besetzt. Neben einigen Mitgliedern des Personals saßen auch Leute aus Hainlington beieinander. Levent hatte die Ehre, direkt neben dem alten Earl zu sitzen, einem feinen Herrn mit schlohweißen Haaren, der einfache Arbeitskleidung trug. Nur die kunstvoll verarbeitete Weste mit der goldenen Taschenuhr verriet seinen Stand.

Am Tisch wurde debattiert, politisiert, es wurden Pläne

geschmiedet, Streitigkeiten geschlichtet und der Zusammenhalt unter den Einwohnern gefestigt.

Levent hielt sich aus den meisten Themen heraus. Er war es gewohnt, unverfänglich zu reden.

Sein Gespräch mit dem Earl begann er mit einem Kompliment über das Essen. »Das Lamm ist ausgezeichnet. Ein weiterer Grund, sich hier niederzulassen.«

Der Earl nahm einen Schluck Bier und nickte beifällig.

»Damit haben wir angefangen, mit Weideland. Ich hatte damals die Lehensrechte für diese unwirtliche Gegend vom alten König erworben. Keiner wollte es haben, es galt als unfruchtbar und konfliktreich wegen des Elbenhaines hier am Loch Lahor. Aber ich ließ die Elben in Ruhe, genau wie sie uns. Jahr für jahr vergrößerten sich meine Herden, wir trieben sie auf immer neue Weiden. Irgendwann hatte ich genug Geld, meine Schulden zu bezahlen, und auch die Elben fassten Vertrauen und sahen in mir keine Gefahr. Mit ihrer Erlaubnis gründete ich Hainlington und warb im Königreich für Siedler. Tüchtige Familien. Mit der Torfstecherei wurden wir wohlhabend genug, um das ganze Lehen als Privatbesitz zu erwerben.«

Der alte Earl trank sein Glas zu Ende und lachte: »Rechtzeitig genug übrigens, denn in den Mooren haben wir Goldfunde gemacht, Opfergaben vielleicht. Oder Besitz, der während einer kriegerischen Zeit versenkt worden war mit der Hoffnung, ihn wieder zu bergen. Hätte alles dem König gehört sonst. Das war natürlich ein Geschenk für die Familie. Überall in den Jungen Königreichen haben wir in Grundbesitz investiert. Allerdings Land, das nicht strategisch wichtig ist, da wird man zu oft erobert und enteignet. Mein Sohn Nestor wuchs mit der elbischen Kultur auf und öffnete Hainlington elbischen Flüchtlingen. Mit Ihnen kamen auch Mystiker und Träumer.«

»Ihr Sohn Nestor studiert selber Nooq?«

»Nein. Nooq ist etwas für Elben. Nestor übt die Arte

Ästhetika. Das kann man als Politiker und Geschäftsmann besser gebrauchen.« Der alte Mann blinzelte. »Wie ist denn Ihre Geschichte?«

Levent war von der Gegenfrage überrascht. Noch mehr, weil alle Gespräche am Tisch verstummten und ihn ein Jeder neugierig betrachtete. Levent lehnte sich zurück und nahm ein Glas goldgelben Schnapses.

»Mein Volk verlor seine Heimat durch die Flut. Wir Turaner besiedelten einst große Regionen. Ursprünglich stammen wir aus weiten Steppengebieten, hatten aber nach und nach auch sesshafte Gebiete an Rändern erobert. Unter Sultan Manzikert schlossen wir uns der Ius Adjagard an. Wir waren stolz, eines der kraftvollsten Völker der Ius zu sein. Die Flut hat den Großteil unserer Kultur vernichtet. Die überlebenden Familien machten sich auf die Wanderschaft.«

»Und Sie hat es nach Boasp verschlagen«, stellte der Earl fest.

»Wir wurden nirgendwo richtig heimisch. Jeder verdrängte jeden. Meine Eltern verlor ich in der Orkenai. Ich rettete mich nach Fährsteg und von dort führte mich der Weg den Nevrizian hinab in die Metropole. Ins berüchtigte Bootsviertel, das vor der Insel dümpelt und alle Flüchtlinge aufsaugt. Nacht für Nacht legen dort neue Boote an aus allen Häfen und Werften Isrogants. Von dort ist die Geschichte schnell zu Ende erzählt. Als Verbrecher kann man im Bootsviertel eine große Nummer werden. Anständig zu bleiben, ist eine schwere Aufgabe. Meinen verstorbenen Eltern konnte ich es aber nicht antun, ins organisierte Verbrechen einzusteigen.«

Der Earl sah ihn scharf an. »Und durch welchen glücklichen Zufal wurden Sie Handelsreisender?«

Angesichts des Misstrauens des alten Earls zog Levent die Wahrheit vor: »Ich bin kein Handelsreisender. Nachdem ich merkte, das mit Aushilfsarbeiten der Sprung vom Bootsviertel auf die Insel unmöglich war, schrieb ich mich in die Rekrutierungslisten der Marine ein.«

»Und was macht ein Seefahrer hier hoch oben auf dem

Kontinent?«

»Es gab magische Selbstmordattentate in Boasp mit vielen unschuldigen Opfern. Eine Spur führte in die Jungen Königreiche. Deswegen bin ich hier.«

Die Antwort des Earl kam in sehr bestimmtem Tonfall: »Ich kann Ihnen versichern, das Sie hier nichts finden werden. Bei uns leben nur Ärzte und einfache Nooqmeister, keine Magier.«

»Ich dachte, Nooq sei Magie?«

Ein Räuspern ertönte vom anderen Ende des Tisches, nahe der Türe.

»Natürlich ist die Nooq-Kampfkunst magisch.«

Die Sprecherin war eine ältere Dame mit streng geknotetem Haar, deren dunkle Haarfarbe von ersten Grauschleiern durchwirkt wurde. Ihr Gesicht wirkte dazu im Kontrast erstaunlich jugendlich. Levent sah ein zweites Mal hin: Tatsächlich, eine Elbin!

»Ich denke, Dame Taija kann dazu besser Auskunft geben als ich.« Der Earl lehnte sich zurück.

»Danke, Earl.« Die Elbin rückte ihren Stuhl zurecht, schob den Teller von seinem Platz, als bereite sie eine kleine Bühne vor. »Nooq ist eine Sammlung von Kampfzaubern. Natürlich benötigt es Kenntnisse in *korash*. Diese alte Sprache öffnet dem Geist die Fähigkeit, *achí* zu zu auf besondere Weise zu benutzen. *korash* aber ist sehr schwer zu meistern und Magie benötigt einen ruhigen Geist. Deswegen konzentrieren sich die Kämpfer meist auf ein, vielleicht zwei Kampfzauber.«

»Gibt es niemanden, der mehr Zauber beherrscht?«

»Die Großmeister beherrschen alle. Wir nennen sie die Naobe. Nooq wird zwar die magische Kriegskunst der Elben genannt, aber eigentlich ist sie das Ergebnis der Magierkriege des dunklen Zeitalters. Nach der ersten Offenbarung am Geysir und der Gründung der Ius Adjagard wurde sie von den Elben weiter gepflegt und tradiert, während nur wenige Adjagaren sie lernten. Nehmen Sie eine Armee zu Vergleich. Die Naobe sind die Feldherrn, die Meister der Techniken sind die Ausbilder.

Die einfachen Nooq-Kämpfer sind die Soldaten. Die Kampfzauber sind unterschiedliche Waffen. Aller Magie zugrunde liegt das Kultivieren und Führen des *achí*. Das, was die Menschen als Nooma lernten.«

Ob es auch früher eine Kampfkunst des Nooma gab? Ohne die Sprache korash? Levent verfolgte diesen Gedanken nicht weiter. Zumindest jetzt nicht.

»Gibt es noch Naobe?«

Dame Taija sah Levent misstrauisch an. »Seit der Flut scheinen sie wie verschwunden.«

Trotzdem wagte Levent eine weitere Frage: »Was für eine Technik lernt und lehrt Robao?«

»Meister Robao lernt die Technik des Seidenärmel-Kettenhemds. Sie wird auch versteckte Rüstung genannt. Es ist ein einfaches Mantra. Dennoch war es eine große Ehre für einen Menschen, von Meister Iplas ausgebildet zu werden. Der Meister war fähig, mehrere einfache Techniken wunderbar zu vereinen. Auch der junge Earl Nestor hat ihn noch kennengelernt. Robao und Nestor sind sehr angesehen in unserer Gemeinde. Es gibt heute nicht mehr viele Menschen, die Nooq lernen.«

Zwergenmagie

Weder der junge Earl, noch Meister Robao oder Naobe Wei tauchten auf. Levent war nicht wirklich enttäuscht. Sein Riecher hatte ihn ins Elbishire gelenkt, ihm waren interessante Aspekte des Nooq offenbart worden. Es war Zeit, sich wieder auf den Weg zu machen.

Der Earl ließ es sich nicht nehmen, Levent eine Gruppe von Stallknechten als Reisebegleitung zur Verfügung zu stellen. Mit den Pferden verkürzte sich die Dauer der Reise an den Nevrizian um mehrere Tage.

Sie folgten einer der großen "Schafstraßen", wie die Routen der Schafherden zu den Handelsplätzen genannt wurden. Levent bewunderte wieder die majestätischen Kreidefelsen, die sich aus der unscheinbaren Heide bis in die Wolken erhoben.

»Was bringt diese Felsen zum glitzern? Sind das Kristallvorkommen?«

Ein Knecht lachte: »Schön wäre es. Nein. Es sind Rinnsale, die vom Acha'Id-Plateau hinunterrieseln und den Anfang des großen Stromes bilden.«

»Dann liegt da oben ein See?«

Der Knecht wusste es nicht. »Ich war noch nie da oben. Viel zu gefährlich.«

Mit einem bronnländischen Viehtransporter, der hier oben Schafe kaufte, fuhr Levent den Nevrizian bis Nöln hinab.

Obwohl er eine Passage gebucht hatte, arbeitete Levent an

Bord mit. Es tat ihm gut, auch wenn die Matrosen über seine Bewegungen lachten. Wahrscheinlich hielten sie ihn für eine Landratte. Dass Levent die Abläufe auf einem Schiff beherrschte, fiel ihnen nicht auf.

Für Levent war die Arbeit Training. Piccolo, der Waffenmeister des Arsenals, hatte für die Marinesoldaten Boasps ein einfaches, aber effektives Nahkampfsystem für die Schlacht entwickelt, das auf der täglichen Arbeit an Bord eines Schiffes beruhte. Piccolo war, wie Levent, ein Anhänger der Arte Pankration. Die Suche nach der Wahrheit in der Bewegung war etwas, was die Adjagaren einst von den Ork übernommen hatten – auch wenn das in den folgenden Jahrhunderten adjagarischer Tradition nie besonders betont worden war.

Nölns Bürger besaßen Stapelrecht. Das bedeutete: Gute Auswahl an Handelsgütern zu Vorzugspreisen. Vom Fluss her bot der neue Dom einen prachtvollen Anblick, auch wenn seine Architektur umstritten war. Der eher runde Bau mit dem Kuppeldach passte sich dem Baugrundstück am Zusammenfluss von Bronn und Nevrizian an. Viele Strenggläubige erinnerte er zu sehr an einen der alten Traumtempel.

Den schlanken, hohen Turm konnte sich niemand erklären. Levent ahnte, wozu er gut war. Er sollte, ebenso wie der Turm in Fährsteg, dem Magiewind *achí* entnehmen. Wozu auch immer.

Er verließ den Frachter und betrat bronnländischen Boden. Seine all zu auffällige Telmischleuder hatte er zerlegt. Magazin und Bolzen ruhten in einem Rucksack. Das Bajonett hing wie ein einfacher Dolch in seinem Gürtel. Die Stange, auf der alle Teile der Schußwaffe montiert wurden, sah aus wie ein einfacher Kampfstock.

Bei einem Hafenaufseher fragte er nach dem Weg.

»De Witte? Die liegen hintem am Bruchsteg«, erhielt er zur Antwort, bedankte sich und schlenderte den Flusshafen entlang. Das gesuchte Bankhaus versteckte sich zwischen anderen

Geldinstituten. Die solide Unscheinbarkeit des Unternehmens hatte für Boasp den ausschlaggebenden Grund gegeben, hier ein Konto anzulegen.

Levent trat an den Schalter, entspannt und unaufgeregt.

»Guten Tag. Ich möchte Zugang zu einem Nummernkonto.«

Die Angestellte schob ihm ein Formular entgegen: »Kontonummer und Passwort bitte.«

Sie verglich Levents Angaben mit ihrer Kartei, bevor ein Wachmann ihn in ein langgezogenes schmales Tonnengewölbe führte, wo er einen Wandtresor öffnete.

Nur wenige Agenten hatten Zugriff auf die geheimen Auslandskonten des Geheimdienstes. Diese Konten dienten als Schließfächer und tote Briefkästen. Angelegt und gepflegt wurden sie von lokalen Schläfern.

Der Wachmann entnahm dem Fach eine Truhe und zog sich zurück. Als er allein war, tauschte Levent einen Barbetrag gegen eine Quittung, fand einen verschlüsselten Brief und ein Paket.

»Das ging aber schnell«, murmelte er zu sich selbst. »Die sind wirklich besser organisiert, als man denkt.«

Die Dekodierung der Nachricht war mühsam. »Boasp bereitet sich vor, die Intoleranz zu bekämpfen. TLM austauschen und Kampf unterstützen.«

Levent verstand. Boasp würde in der Region aufrüsten. Er sollte schon vorher aktiv werden und die radikalen Kräfte schwächen, durch Attentate oder Aufklärung. Seine eher auffällige Militärwaffe hier einzumotten, unterstrich den inoffiziellen Charakter seines Einsatzes.

Es machte ihn unruhig, dass diese neue Anweisung in Konflikt mit seinem eigentlichen Auftrag geraten konnte: Die Drahtzieher hinter den Attentaten ausfindig zu machen. Der militärische Befehl hatte dennoch Vorrang.

Er legte die Bauteile seiner alten Telmi-Schleuder in die Truhe und entnahm das Paket. Selber hinterließ er eine chiffrierte Nachricht. *Die Domtürme binden achí. Magischer Widerstand scheinbar unbeteiligt.*

Dann rief er den Wachmann und ließ ihn den Tresor versiegeln.

Vom Spesengeld gönnte Levent sich ein Einzelzimmer in einem Hotel. Er öffnete das Paket und breitete die Bauteile vor sich auf dem Bett aus. Langsam fügte er die Ansammlung der Teile in seinem Geist zu einem Bauplan zusammen. Wer in Boasp Marinesoldat war, kam früher oder später um technische Grundkenntnisse nicht herum.

Was Levent hier vor sich hatte, war ein neuer Prototyp aus Telmis Werkstätten. Sogar zwei Waffen gleicher Bauart. Sie glichen dem Grundgerüst einer herkömmlichen Armbrust, allerdings ohne Bogen und Sehne. Der längliche eiserne Griffkolben war zugleich Druckbehälter, der über eine Pumpe mit Luft befüllt wurde. War der Druck im Kolben hoch genug, öffnete die Betätigung des Abzugs ein Ventil. Eine Portion Luft entwich in einen schmalen Kanal, in dem eine Metallkugel ruhte. Der Druck trieb die Kugel hinaus. Ein Magazin schob über einen Federmechanismus die nächste Kugel vor das Ventil des Druckbehälters. Eine gute Waffe, so sie funktionierte.

Sie war kleiner und handlicher und für seine Art Aktivitäten geeigneter als die sperrigen Militärwaffen. Natürlich galt es, Reichweite, Durchschlagskraft, Zuverlässigkeit und Ladedauer zu testen. An einem ruhigen Ort, am besten einem Wald. Die Ausläufer der Bronnwaldes lagen nicht fern von Nöln.

Levent verließ das Hotel morgens mit seinem gesamten Gepäck. An einem Kiosk wollte er eine kleine Wegzehrung kaufen, als ihm ein Zeitungsartikel ins Auge fiel.

Der Kardinal der Jungen Königreiche, Joch von Freising, hat den Veit, jenen strenggläubigen Milizenführer aus Fährsteg, zum „Gaumarschall der königlosen Südgäu" ernannt.

Der Kardinal bewundere die Tugendhaftigkeit, Moral und Integrität der Glaubenskrieger.

Der Veit stellte daraufhin seine Armee unter das Ehrenkommando des Kardinals. Eine Einheit Armbrustschützen begleitet unseren Kirchenfürst auch während seiner Reise durch das Bronntal.

Nach der Segnung einer Kirche im Kurort Bad Heilbronn wird der Kardinal auch den Dom in Nöln endlich einweihen.

Was geht denn jetzt vor sich? Gaumarschall? Ist das jetzt die Privatarmee des Kardinal? Die Nachricht gefiel Levent nicht. Aber nun wusste er immerhin, dass der Kardinal höchstpersönlich in der Nähe weilte. *So spare ich das Geld für die Informanten.*

***

Die Waffen erwiesen sich als nützlich. Ohne größere Ladehemmungen konnte man ein ganzes Magazin mit einer Luftfüllung abfeuern, auch wenn Reichweite und Durchschlagskraft zum Ende hin nachließen. Die Kugeln lagen stabil und widerstanden auch heftigen Erschütterungen. Das Auffüllen des Kolbens hingegen erwies sich als zeitraubend.

Dann werde ich eine Waffe immer in Reserve halten. Und um die Lautstärke werde ich mich auch noch kümmern müssen. Wozu beschäftige ich mich sonst mit Arte Binar?

Weder im Brief noch auf dem Pakat hatte Levent eine offizielle Bezeichnung für diese Waffe finden können. So taufte er die beiden vorläufig Piccolo und Vladimir.

Der Inselgardist

Ein Mann namens Bufor schlenderte durch Bad Heilbronn, bekannt für seine gute Luft. Der Kurort lag in den Bergen nördlich des Flusses Bronn, und der Kardinal fand es lohnend, die Gesundungsbemühungen der Menschen für die Kirche zu nutzen.

Die Kirche der Zweiten Offenbarung kultivierte zwar den Feuerkult als reinigendes Element und Symbol des Vulkanausbruchs, berief sich aber wesentlich auf die Vernunft als jene feinstoffliche Energie, die dem Menschen erlaubt sei. Eine wichtige Einnahmequelle waren die bezahlten Ratschläge der Kirche, und ihr Geschäft blühte in solchen Kurorten.

Bufors Haltung verriet Stolz. Stolz auf seine Abstammung aus einem alten, wenn auch untergegangenen Adjagarenclan der Spätphase, Stolz auf seinen Dienst bei der Inselgarde generell und ganz besonders als Gardist des Kardinals. Er war ein Junker seines Ordens, ein angesehener Fechtmeister und Lehrer. Er war fast eine Legende.

Mit geübtem Blick musterte er die Umgebung nach Gefahren. Im Grunde hätte er den Kardinal nicht unbeaufsichtigt lassen dürfen. Aber Bufors Befugnisse gingen über das übliche Maß hinaus. Er war ein Vertrauter, nicht nur eine Wache.

Hier bekam er trübe Stimmung, wenn er an die Meute rechtgläubiger Milizionäre dachte, die sich selber Veitstänzer nannten und sich als persönliche Garde aufspielten.

Die Hotels und Pensionen waren ausgebucht. Bad Heilbronn schien fest in menschlicher Hand, zumindestens sah er keine Elben in der Öffentlichkeit. Bufor hatte als Leibwächter eine gute Mischung aus Erfahrung und Instinkt entwickelt, was nicht zuletzt für seinen Erfolg im Dienst sorgte, wahrscheinlich mehr als seine kämpferischen Fähigkeiten.

Jetzt betrat Bufor ein Gymnasion, in dem Kurgäste gegen chronische Krankheiten kämpften. *achi*-gong war nicht gerne gesehen in diesen Breiten, also beschränkte man sich auf Sauna, Wasserkuren, Massagen und allgemeine sportliche Aktivitäten. Manche Institute boten unter der Hand auch Traumtherapien an. Das Gesundheitswesen war kein Arme-Leute-Geschäft, das Erscheinungsbild von Bad Heilbronn verriet das nur zu deutlich.

Ich könnte auch ins Wohlfühlgeschäft einsteigen. Eine Art rhythmisches Schattenfechten im Stil der Inselgarde wäre sicher ein Verkaufsschlager.

Er ging durch eine Sporthalle in den Park des Gymnasions. Die Weitläufigkeit der Anlage erstaunte ihn. Ein langer Teich zog ihn an. Auf einer Seite grenzte er unmittelbar an die Felswand eines alten Steinbruches. Er setzte sich auf eine Bank, wollte die Sonne genießen, als ihm ein Mann auffiel.

Er wirkt unscheinbar. *Zu* unscheinbar.

Warum trainiert er so fernab von den anderen Kurgästen? Sein Teint legt nahe, das er viel Wetter gesehen hat. Er ist ein Bewohner südlicher Regionen oder ein Seefahrer. Aber ich halte ihn nicht für einen indigenen Südländer.

Bufor hatte sich angewöhnt, Fremde möglichst schnell und präzise zu beschreiben.

»Beschreiben hilft einschätzen«, belehrte er gerne andere Gardisten.

Er ist gewohnt, ohne Geräte zu trainieren. Er nutzt, was sich ihm bietet. Die Felsbrocken, die Felswand, das Wasser, die Bäume. Seine Bewegungen haben Stil.

Bufor glättete seinen Kinnbart, eine Geste intensiveren Nachdenkens.

Wäre es nicht unwahrscheinlich, würde ich glauben, er übt sich im Pankration. Ja, ich denke, er hat ein gutes Pankration. Wenn auch nicht so gut wie meines.

Der Fremde verließ nach einiger Zeit den See, trocknete sich ab, zog sich an und begann eine höchst merkürdige Übung, die Bufor nie zuvor gesehen hatte. Er umrundete einen Baum und richtete Oberkörper und Arme stets neu nach ihm aus. Bufor strich wieder über seinen Kinnbart. *Interessant.*

Er folgte dem Fremden zurück in die Turnhalle des Gymnasions. Der setzte sich auf einen Sprungbock und sah einigen lokalen Kämpfergrößen zu.

Bufor beobachtete ihn aus einer dunklen Ecke heraus.

Das ist ein Kämpfer. Er schaut nicht nur zu. Er analysiert. Bufor war sich dessen nun endgültig sicher.

Ganz im Gegensatz zu einem breitbrüstigen Rotschopf, der es genauer wissen wollte.

»Heda«, rief er den Fremden an, »kannst Du ringen?«

Der Angesprochene winkte ab.

»Irgendein Boxen dann?« hakte der Rotschopf nach. »Ich kann beides!«

Der Fremde sah ihn ernst an und fragte: »Willst Du üben? Oder willst Du Dich beweisen?«

Die Stimme klingt freundlich, stellte Bufor überrascht fest.

»Spielen«, lachte der Rotschopf und stapfte betont geerdet auf die Ringmatte. Der Fremde folgte.

»Raimund«, dröhnte er seinen Namen zusammen mit einem Handschlag.

»Levi«, antwortete der Fremde.

Bufor lächelte in sich hinein. *Guten Tag, Levi. Da bin ich nun aber gespannt.*

Raimund klatschte erwartungsfroh in die Hände: »Gut, Levi. Was soll erlaubt sein?«

»Alles außer bleibenden Schäden«, gab Levent zurück, eine allgemein gebräuchliche Ansage bei Trainingskämpfen.

»Ganz nach meinem Geschmack«, stimmte Raimund zu. Er

begann zu stampfen und sich mit der Faust auf die Brustmitte zu schlagen. »Ist auch besser so für Dich.«

Bufor musterte beide Kontrahenten. Raimund streckte und dehnte sich. Levi aber drehte sich in der Körpersäule, so weit erkonnte. Er dreht seine Spirale auf.

Raimund begann Levi zu umrunden, der sich kaum bewegte. Dass er seine Position dennoch unmerklich anpasste, fiel dem ungeübten Auge nicht auf.

Auch Raimund dachte, seinen Gegner ausmanövriert zu haben und trat in die kurze Distanz. Das löste ein zügig abgespultes Programm aus. Wenige Bewegungen später lag Raimund auf dem Boden.

»Das war schnell!« staunte er, ohne allerdings Groll in der Stimme zu führen, und fügte direkt hinzu: »Noch eine Runde?«

Levi nickte. Auch Bufor nickte, aus Anerkennung.

So eine Kampftechnik gibt es nicht ohne fortgeschrittenes Pankration!

Raimund war gewarnt. Diesmal versuchte er keine Täuschung, sondern wollte seinen Gegner schlichtweg überrennen. Der entwurzelte den Angreifer mit einem gewundenen, gedrehten Schritt und warf ihn zu Boden.

Bufor hatte genug gesehen. Er applaudierte.

»Sehr gut!« rief er. »Probieren Sie es auch mit mir?«

Levi und Raimund musterten den neuen Herausforderer, dann lud Levi ihn mit einer Geste auf die Ringmatte.

»Meinen Namen haben Sie ja eben gehört«, stellte er fest.

Der Inselgardist verneigte sich. »Bufor dela Salamanca.«

Er löste das Wehrgehenk von seinem Gürtel, legte sein Leichtschwert neben die Matte und trat auf die Kampffläche.

Levi blieb weiterhin in seiner Position in der imaginären Mitte. Bufor machte es nichts aus, ihn auf der Außenbahn zu umkreisen wie vordem Raimund. Im Gegenteil: Der Gardist schien das zu genießen.

Er bewegte sich weit, aber kontrolliert und demonstrierte Gelenkigkeit auch in unaufgewärmtem Zustand. Als Levi begann, sich darauf einzustellen, schnellte Bufor mit einem

Ausfallschritt vor. Seine Fäuste schlugen zu Levis Magen und Herz. Diesem blieb die Luft weg, er fiel hintenüber, verwandelte die Energie des Aufpralls und des Sturzes in eine Rollbewegung. Doch in diese Bewegung hinein trat Bufor knapp neben Levis Kopf. Auch ein seitlicher Fluchtversuch misslang, denn Bufor drehte seinen Rumpf um neunzig Grad und hieb Levi in Rücken und Seite.

Beide wussten, wer in einem echten Kampf überlebt hätte. Levi kam langsam auf die Beine und verneigte sich vor Bufor.

»Das war mir eine Ehre und ein Vergnügen. So exzellent hat mich noch niemand vorgeführt.«

Raimund, der noch immer an der Matte stand, glotzte. Sein Selbstbewusstsein als einer der besten Kämpfer weit und breit litt arg darunter, dass jener so deutlich unterlag, der ihn selbst eben noch vorgeführt hatte. Levis Blick fiel auf das filigrane Schwert neben der Matte.

»Inselgardist?« fragte er überrascht.

Bufor lachte. »Und Sie sind ein Mars. Habe ich Recht?« gab er zurück.

Levi zuckte zusammen, leugnete es aber nicht. »Wie kommen Sie denn darauf?«

»Ihre Haut ist die eines Seemannes, der viel Sonne zu sehen bekommt. Auch Ihr Gang erinnert zuweilen an den ausgleichenden Schritt der Seeleute. Im Kampf bleiben Sie auf Ihrer Position, ganz wie ein Mann des Schlachtfeldes, der eher auf anstürmende Gegner reagiert; weniger wie ein Duellant, der aktiv Gelegenheiten suchen kann. Nun, Boasp ist eine Seemacht, liegt unter südlicher Sonne, ist aber über den Nevrizian weit in den Kontinent bis in die Jungen Königreiche verbunden. Die Marinesoldaten Boasps erfüllen alle genannten Kriterien.«

Levi schien beeindruckt, als sie sich trennten.

Bufor aber dachte nach. *Ein Mars so weit weg von seiner Flotte führt entweder etwas im Schilde oder hat etwas auf dem Kerbholz. Aber er wird wohl jetzt wissen, das er sich nicht mit mir anlegen sollte.*

Die Menschen in Bad Heilbronn verbreiteten die Nachricht von der Ankunft des Kardinals in Windeseile. Sie entzündeten Flammen vor ihren Türen – je größer, um so bedeutender ihr Hüter. Fahnen und Wimpel wurden an den Türen befestigt. Der Bürgermeister ließ den Marktplatz in der roten Amtsfarbe des Kardinals schmücken. Einige Buchdrucker legten verschiedene Auflagen der Zweiten Offenbarung und der Neuen Heiligen Schriften aus. Kitschige Miniaturen aus Ton, Speckstein oder gar Porzellan sollten das Geschäft beleben während des Aufenthaltes der kirchlichen Delegation.

Missmutig betrachtete Bufor dieses Treiben der Bad Heilbronner. Am liebsten hätte er die falschen Devotionalien von den Tischen gefegt, vor allem die offensichtlich nicht »echten Lavabrocken« vom legendären Vulkanausbruch im Kloster Avenicum Dalors.

Der Kardinal war nachsichtiger in dieser Sache. Für ihn war es Ausdruck des einfachsten frommen Glaubens, noch unterhalb der Theosophie.

Die Gläubigen hatten schnell das Hotel des Kardinals ermittelt. Eine wachsende Traube Menschen drängte sich vor dem Quartier, allen voran die Nachrichtenschreiber lokaler Flugblätter. Der Botschafter der Nachrichtengilde sah dem Treiben aus angemessener Entfernung zu.

Besonders engagierte Kirchenmitglieder hielten eine Heilige Schrift in der einen und einen Füllfederhalter in der anderen Hand. Autogrammjäger.

Eine Situation, die Bufor nicht behagte, denn besonders diese Leute hielten sich nicht an Absperrungen.

Er durchschritt die Menge und öffnete derart unwirsch die große Hoteltüre, dass die hübschen Butzenscheiben beinahe aus ihrer Bleihalterung fielen. Im Eingangsbereich sah er den Pförtner, hinter seinem Tresen über ein Buch gebeugt, und einen Dienstjungen, der immer noch dabei war, schwere Koffer in die oberen Stockwerke zu wuchten. Zornig schaute Bufor sich um und eilte in die Küche, wo er sie vermutete.

Kochgerüche kamen ihm entgegen, lautes Geschwätz und Gekicher. Veitstänzer standen bräsig herum und plusterten sich vor den Küchenmädchen und Dienstmägden. Bufor griff einen dieser Nichtsnutze am Kragen und brüllte: »Wieso ist der Eingang unbewacht?«

Der Angesprochene und seine Kameraden zuckten zusammen angesichts der Vehemenz des Inselgardisten.

»Wir dachten, das sei nicht nötig. Es sind doch nur Gläubige dort.«

Bufor bekam Lust, zuzuschlagen, aber er fürchtete eine heimliche Revanche dieser feigen Mörderbande.

»Ist euch je in den Sinn gekommen, dass der Kardinal unter Magischen und Träumern Feinde hat? Und habt ihr mal darüber nachgedacht, dass es Gruppen gibt, die sich speziell an euch rächen wollen?«

Er sah in dumme Gesichter und spuckte auf den Boden. »Auf Eure Posten!« bellte er.

Bufor atmete seinen Zorn langsam weg. *Du musst kühlen Kopf bewahren.* Für das Engagement der Radikalen als Begleitschutz war er nahe daran, den Kardinal zu hassen. Nur seine Erziehung zur absoluten Loyalität gegenüber der Kirche des Einen Gottes verhinderte das.

Die Inselgarde hatte sich während der Zweiten Offenbarung direkt im Kloster von Avenicum Dalor begründet und galt als nahezu heilige Institution.

Aber Loyalität ist eine Tür, die in zwei Richtungen schwingt. Gott verhindere, dass andere hohe Priester dieses Beispiel übernehmen.

Bufor verließ das Hotel durch die Küche, sah, dass die Milizionäre ihre Posten bezogen.

Fürs Erste beruhigt, positionierte er sich etwas abseits des Geschehens und beobachtete. Seine Augen suchten nach Levi. Zu sehr. Manches andere Detail übersah er, obschon es wichtig gewesen wäre.

Mit stampfenden Schritten kam eine große Abteilung Schwere Läufer in Sicht.

Die Karinger gaben ihren bestausgerüsteten Infanterie-truppen diesen klingenden Namen – und klingend war auch ihr Auftritt, denn sie begannen jetzt, mit den Speeren auf ihre Schilde zu schlagen. Eine martialische Geste, die Bufor an die Felsaffen seiner Heimat erinnerten, die lautstark ihre Revier-ansprüche reklamierten.

»Doppelt Halt!« brüllte der Kommandant der Schweren Läufer, womit er sowohl das Marschieren als auch das Lärmen meinte.

Stille fiel über den Platz, als er vortrat und einen der Veits-tänzer ansprach.

»Ich bin Fähnrich Voss. Wenn ich das richtig sehe, befinden sich hier bewaffnete Kräfte eines fremden Staates. Ich fordere Euch auf, die Waffen abzulegen.«

Bevor einer der Veitstänzer eine Dummheit begehen konnte, eilte ein Priester aus dem Hotel und stellte sich beschwich-tigend zwischen die Milizionäre und die Krieger des Bronn-landes.

Bufor kannte den Mann: Der Sekretär des Kardinals. Er mochte ihn nicht besonders. Ein eifersüchtiger, karriereorien-tierter Mann, der dem Inselgardisten das gute Verhältnis zum Kardinal neidete.

»Beruhigen Sie sich«, begann der Priester, »diese Männer sind die Garde des Kardinals, mehr nicht.«

Bufor kniff die Augen zusammen. In Gedanken wiederholte er die Worte des Sekretärs. *Die Garde des Kardinals. Mehr nicht.' Für andere ist es Ehre und Berufung, zur Garde zu gehören. Wenn du angegriffen wirst, du Wurm, schaue ich zu.* Er biss sich auf die Lippen. Er war nur dem Kardinal verpflichtet, auch wenn es als guter Ton galt, in der Not auch den einfachen Priestern zu helfen.

Voss blieb unfreundlich. Er erfragte den Namen des Sekre-tärs. Hinze.

»Das sind Männer des Veit, dieser ist laut Dekret des Kardi-nals ganz persönlich derzeit Gaumarschall und Herr über

Fährsteg. Es sind fremde Soldaten! Ich fordere augenblicklich ihre Entwaffnung!«

Die Veitstänzer hoben ihre Armbrüste. Sofort verschanzten sich die Schweren Läufer hinter ihren mannshohen, armdicken Schilden.

Die Situation drohte zu eskalieren.

Zu seiner Überraschung fühlte Bufor sich in der Rolle des Zuschauers nicht unwohl.

Wieder öffnete sich die Türe. Bufor erhob sich sofort. Sein Kardinal Joch von Freising hatte das Hotel verlassen und stellte sich neben den Sekretär. *Was macht der denn da? Spielt er wieder den Retter? Diese Rolle wird ihn eines Tages das Leben kosten.*

»Meine Herren. Bitte beruhigen Sie sich«, lächelte von Freising in die Runde. »Ich muss das zu unser aller Bedauern ablehnen, denn ich gab diesen wackeren Männern mein Wort. Und ein Wort bricht man nicht. Ich bin ein Karinger wie Sie – und Sie wissen, was ich meine.«

Die Veitstänzer senkten die Bolzen zum Boden und die Schweren Läufern tauchten hinter ihrer Schildwand auf. Bufor blieb stehen. Als Gardist war es nicht leicht, die Balance zwischen den Schutzinteressen des Klienten und dessen Recht auf Ausübung des Amtes zu finden. Der Kardinal fuhr fort: »Die Lösung des Problems liegt sonst darin, das ich Bad Heilbronn und das Bronnland Richtung Fährsteg verlasse.«

Bufor nickte anerkennend. *Ein schlauer Hund. Bezieht die Erwartungen der Menschenmenge mit ein und verwandelt ein rechtliches Problem in ein politisches. Was soll der arme Fähnrich Voss nun tun? Er bekommt Ärger mit seinem König höchstpersönlich, sollte es hier zum Eklat kommen.*

Fähnrich Voss wirkte in der Tat verunsichert durch die Worte des Kardinals. Aber der zog ein weiteres Ass aus dem Ärmel: »Oder ich lade Sie ein, gemeinsam mit den Glaubenskämpfern und meinem Gardisten für Sicherheit zu sorgen. Wo steckt Bufor eigentlich?«

Idiot, Gott verzeih den Fluch, was schreist du meinen Namen umher?

Diskret schob er sich zum Kardinal und verbeugte sich: »Ich war immer bei Ihnen.«

»Guter Bufor, auf dich ist Verlass.«

***

Der Bau einer neuen Kirche in Bad Heilbronn war voriges Jahr durch den Rat der Stadt beschlossen worden. Der stetig ansteigende Umfang kirchlicher Publikationen hatte Platzprobleme geschaffen, denn die kleinen Kabinette der alten Kapellen reichten als Bibliotheksfläche längst nicht mehr aus. Außerdem hatten sich die Ratsleute Bad Heilbronns die Idee eines reinen Bethauses nach Vorbild der Dome von Nöln und Fährsteg zu eigen gemacht.

Zu einer gelungenen Einweihungsmesse gehörte eine schöne Feuerzeremonie. Kunstschmiede hatten prachtvolle Schalen für die ewige Flamme gefertigt, die dem Kardinal mit besonderem Stolz gezeigt worden waren und die ihm auch ganz gut gefielen. In der Güte des Kardinals schwang gut versteckt Belustigung mit.

Die Feuerzeremonie war der Grund, weshalb die Einweihungsmesse am Abend gehalten wurde. Eine Situation, die Bufor natürlich gewohnt war. In der aufgeheizten politischen Stimmung in den Jungen Königreichen, mit der Fehde um die Kaiserkrone und dem mystischen Widerstand, war das trotzdem unschön. Die Bedrohungslage war hoch, und die Anwesenheit dieses Mars verhieß auch nichts gutes.

Bufor schickte die Veitstänzer, die Kirche bewachen. »Niemand betritt das Gebäude, den ganzen Tag nicht. Niemand! Ich will keine Attentäter, die sich hier ein Versteck einrichten oder einen Mord vorbereiten.«

Vor die Hoteleingänge stellte er die Schweren Läufer.

Jetzt, da er die unfreiwillige Unterstützung durch fremde Kämpfer nutzen konnte, gefiel ihm die Rolle als Koordinator der Sicherheitsmaßnahmen gut. Außerdem ließ sie ihm Luft für eine eigene Trainingseinheit.

Der Ursprung der Inselgarde war das Ehepaar Bourg. Cez war eine anerkannte Fechtmeisterin, allerdings keine Adjagarin. Sie hatte sich gegen die (ihrer Meinung nach zu offene) Kultur der Wächter der Ius entschieden. Ihr Gatte Song war ein begnadeter Schwertschmied, von dessen Amboss einige der letzten bedeutenden Adjagarenschwerter stammten. Sein Meisterwerk aber war das Leichtschwert.

Die Geschichte dieser Waffe gehörte zu den Gründungsmythen der Gardisten.

Cez Bourg übte unerlässlich in der Fechthalle. Sie benutzte dazu unter anderem eine leichte Übungswaffe, die Fechtfeder. Nur mit dieser Feder bewaffnet, setzte sie sich zur Wehr, als sie eines Tages von einem neidischen Kontrahenten überfallen wurde. Da ihre Fechtfeder stumpf war, konnte sie ihren Gegner nicht erstechen, entmutigte ihn aber so lange, bis er ihre Überlegenheit einsah und verschwand.

Aus diesem Erlebnis entstand die Idee für eine neue, revolutionäre Schule des Fechtens. Song Bourg machte sich ans Werk, und kongenial entwickelte das Ehepaar das Federfechten mit dem Leichtschwert.

Bufor behandelte seine Waffe mit Ehrfurcht. Sie war unendlich leicht und filigran, und dennoch so konstruiert, dass die stabil und tödlich blieb. Leichtschwerter hatten kein klassiches Schwertblatt, sondern glichen einem überaus scharfen Kantstab. Während die einfachsten und häufigsten Leichtschwerter Dreikante waren, führten die echten Fechtmeister Vierkante. Er selber hatte als Junker das Privileg, mit einen Fünfkant zu fechten. Der Legende nach war Cez Bourgs Leichtschwert gar ein Siebenkant gewesen – eine Waffe, wie sie nur ein Song Bourg schmieden konnte. Tragischerweise verschwand das edle Stück mit ihrem undankbaren Sohn, der sich davon gemacht hatte, mit einer der großen Karawanen in den Jahren nach der Flut.

Das Leichtschwert erlaubte verschiedene Arten des Federfechtens...

und da man üben muss, was man können will, kam für jeden Schüler eines Tages die Entscheidung für eine der klassischen Formen.

Bufor bevorzugte die erste von ihnen. Sie war direkt, impulsiv, athletisch. Der Schwerpunkt lag auf dem eigenen Angriff mit dem impulshaften Ausräumen eines Widerstandes und dem Stoß der Klinge tief ins ungedeckte Ziele. Bei gepanzerten Gegnern forderte das viel Präzision, Kraft und Beweglichkeit.

Die zweite Form arbeitete sehr stark über die Bindung zur gegnerischen Waffe. Der Fechter klebte an seinem Gegner und neutralisierte ihn permanent durch Fühlen und Folgen. Die tödliche Anwendung erfolgte mit der Spielhand. Die meisten Fechter der zweiten Form hielten darin ein Stiletto.

Ausgemachte Experten führten, wie einst Cez Bourg bei ihrem legendären Duell, eine Feder, also eine reine Übungswaffe.

Die dritte Form des Federfechtens glich einem Tänzeln mit der Klingenspitze. Auch hier galt es schnell zu handeln, aber der Angriff bestand im Anschlitzen und Aufpieksen sensibler Körperpartien. Das sah zuweilen arrogant aus und viele Anhänger dieser Form benahmen sich auch so. *Die Form ist Charaktersache.*

Es gab noch eine vierte Form, aber diese war trotz ihrer Effektivität verpönt. Hier reichte ein simples Treffen, ein einfaches Ritzen des Gegners, denn hinter dem Handkorb ruhte ein Giftdepot. Das Augenmerk lag weniger auf den geschärften Kanten, die das Eindringen der Klinge in den Körper des Gegners erleichtern sollten. Stattdessen wurden die Rillen so erweitert, dass beständig ein feiner Film Gift in ihnen lag.

Bufor übte, ganz für sich, bis ihm nur noch wenig Zeit blieb, sich frisch zu machen und zur Einweihungsmesse zu erscheinen.

Während am Hauptportal Veitstänzer die Gläubigen auf Waffen durchsuchten, wartete Bufor am Hintereingang des

Kirchbaus. Er hielt sein Leichtschwert fast zärtlich, es wippte sachte hin und her. Er trug keine Handschuhe.

So spürte er die Spannung sofort, als sie durch die Klinge fuhr und in seine Hand hineinzuckte. *achí.* Er richtete die Klinge neu aus, als suche er etwas im Dunkeln, so wie ein Blinder mit seinem Stab Hindernisse ausmacht. *Kein Zweifel. achí.*

Er fasste das Schwert fester und nahm einen günstigen Winkel zur Ecke des Gebäudes ein. Aber es war nur der Kardinal, der, umringt von Schweren Läufern, die Kirche über die Hintertüre betreten wollte.

»Sie sind es«, seufzte Bufor erleichtert.

»Sag, Bufor, ist es wirklich nötig, Leibesvisitationen bei den Gläubigen durchzuführen?«

»Ich habe es so angeordnet, Eminenz. Wir leben in undankbaren Zeiten.«

Der Kardinal klopfte Bufor auf die Schulter und verschwand in der Kirche. Die Schweren Läufer wollten die Türe bewachen, Bufor aber schickte sie mit in die Kirche. Er ahnte die Gefahr.

Ich kann Dich spüren.

***

Lange geschah nichts. Im Schiff der Kirche hatte die Messe sicher schon längst begonnen.

Dann ertönten Schritte. Es war Levi.

Bufor senkte die Klinge, nicht zum Gruß, sondern als Zeichen der Überlegenheit.

»Hat dir die Niederlage im Gymnasion heute früh nicht gereicht? Oder willst du mich ablenken?«

Levi blieb in einiger Entfernung stehen.

Er hat meine Sprungkraft in Erinnerung. Aber nur die, die ich ihm zeigte. Denkst wohl, du hättest dazugelernt.

»Wie heißt du wirklich? Meinen Namen kennst du ja«, fuhr Bufor fort.

»Da du den heutigen Abend vielleicht nicht überleben wirst,

will ich so offen sein wie du«, entgegnete Levi. »Ich weiß, dass Inselgardisten ihre wahren Namen auch lieber verbergen. Ich empfinde tatsächlich so etwas wie Respekt für dich, was wahrlich nicht häufig vorkommt. Mein Name ist Marinesoldat Oberst Levent Yeniceri. Aus Boasp.«

»Levi und Levent. Ein einfallsreicher Tarnname«, spöttelte Bufor. »Was willst du hier? Was willst du von mir?«

»Dein Kardinal sammelt *achí* in seinen Domen, sie saugen es aus den magischen Gezeiten. Wusstest du das?"

Bufor nickte nur, amüsiert über Levents überraschten Blick. »Schließ den Mund, damit hast du nicht gerechnet, oder?«

»Und das macht dir nichts aus? Als Gardist der Kirche?«

»Natürlich. Ich sorge mich um ihn. Denn er wird durch das Teufelszeug kontaminiert.«

Levent bewegte sich unmerklich und sprach weiter: »Warum hältst du ihn nicht davon ab?«

»Weil er sich opfert. Ich sehe in ihm einen wahren Märtyrer, der den Magischen ihre Waffen nimmt, so dass nur die neue Ordnung übrig bleiben muss. Wenn das Projekt der Dome Erfolg hat, wird er vielleicht Lektor.«

»Wer weiß davon?«

»Noch niemand außer wenigen Eingeweihten. Man triumphiert durch Erfolge, nicht Vorschläge.«

»Und dass Joch von Freisung sich Veitstänzer als Garde hält, ist das auch auch so ein Triumph? Oder ein Erfolg des Veit? Oder gar einer der Garde selber?«

Bufor sprang vor. Zu spät begriff Levent, wie sehr er sich verschätzt hatte. Er wusste aber auch, dass jedes Ausweichen vor den Angriffen dieses Mannes umsonst war... und im Gymnasion war er nicht einmal bewaffnet gewesen.

Bufor lenkte die Spitze seines Leichtschwertes über das Handgelenk. Sein Körper wurde zu einer Brücke von Körperteilen, die genau dort endeten.

Er sah, wie Levent hinter sich griff. Dann krachte es bereits. Bufor spürte einen Schlag gegen seinen Körper. Ein weiteres

Krachen, noch ein Schlag, fünfmal, siebenmal.

Die merkwürdigen Stöße hielten ihn nicht auf. Er spürte, wie sein Schwert einen Widerstand überwand und in etwas Weiches eindrang. Wieder krachte es, und endlich spürte Bufor seine eigenen Verletzungen. Ungläubig starrte er an sich hinunter, dann auf die ihm unbekannte Waffe in Levents Hand.

Dessen Augen waren auf den Korb des Leichtschwertes direkt unterhalb seiner Brust gerichtet. Die Waffe steckte in ihm fest, ragte hinten wieder heraus.

Levent brach zusammen.

Bufor hielt sich noch einige Herzschläge, dann fiel auch er.

Zurück bei den Altwalden

Naobe Wei war von den Altwalden geweckt worden, damit er das Ausbleiben der Magischen Gezeiten, des *achi*-Windes untersuchte.

Der magische Wind vom südlichen Ozean strich über Boasp und folgte dem Tal des Nevrizian bis hinauf in die Acha'Id, dorthin, wo die Altwalden residierten. Es war einer der wenigen konstanten, in festem Rhythmus *achi*-Ströme. Sein Ausbleiben war besorgniserregend.

Den ersten Teil des Auftrages hatte er recht schnell erfüllt: Die Ursache der Störung zu ergründen. Der zweite Teil aber lautete: »Kümmere dich darum«, und das war alles andere als einfach.

Nicht ohne Hilfe.

Er hatte die Bekanntschaft von Lady Nuefa gemacht und einen Marinesoldaten aus Boasp getroffen. Lady Nuefa war in den mystischen Widerstand gegen die radikalen Kräfte der Zweiten Offenbarung eingebunden und hatte ihm weitere Türen geöffnet.

Jetzt hockte Naobe auf dem Boden und spielte mit einem Eichhörnchen. Die Eiche mochte das, denn die flinken Nager waren so etwas wie ihre Maskottchen.

Und es war generell klug, sich nicht mit der Eiche zu streiten.

Naobe hielt dem Tier einen Zweig hin und zog ihn immerzu fort, wenn es sich anschickte, zuzugreifen.

Ein Ghorm saß neben ihm. Ghorme waren keine Seltenheit in Isrogant, und doch fielen sie selten auf, denn ihre Zivilisation spielte sich in unterirdischen Bauten ab, die mehrere Stockwerke tief reichen konnten. Diese Bauweise wurde immer wieder von anderen Völkern Isrogants übernommen, die nicht an der Oberfläche bleiben konnten, sei es klimatischer oder politischer Gründe wegen.

Entsprechend ihrer Umgebung waren Ghorme bleich. Manch einer nannte sie despektierlich »Erdkriecher«.

Naobe war missmutig. »Hätte ich gewusst, dass ich hier eine Woche warten muss, wäre mein Aufenthalt im Elbishire länger ausgefallen. Aber ich habe es ja geahnt.«

Der Ghorm sprach langsam, Laut für Laut: »Draußen und oben vergeht die Zeit wohl schneller als hier unten im Schluchtengrund?«

Naobe Wei nickte. »Hier unten ist alles so langsam, da merkt man nicht einmal einhundert Jahre Schlaf. Oben wiederum strahlt die Sonne, scheint alles Leben schneller zu verbrennen, als es wachsen kann.«

»Umso klüger also, im Schluchtengrund zu wohnen, oder?«

Der Naobe widersprach nicht.

Es raschelte und das Eichhörnchen richtete sich auf. Es spitzte die Ohren, dann flitzte es in den Wald.

Der Ghorm bemerkte: »Die Eiche ruft ihre Hörnchen zusammen.«

Naobe wartete, welcher der Altwalden zwischen den Bäumen hervortreten würde. Es war der Bodhibaum, der Naobe zu sich heranwinkte.

»Tritt ein, Freund, in den Kreis und berichte uns treu.«

Der ist noch seltsamer als die anderen Altwalden. Vor allem im Gegensatz zur Eiche.

Naobe setzte sich auf ein Hühnengrab. Nach und nach tauchten die anderen Altwalden auf und bildeten einen Kreis um ihn.

Die Eiche begann wie gewohnt barsch die Unterhaltung, die

Naobe Wei regelmäßig an Verhöre erinnerten: »Hast du die Eicheln noch?«

»Nein. Ich habe sie verzehrt, bis auf die letzte, die ich verschenkt habe.«

Die Eiche rauschte: »Verschenkt? An wen?«

»An einen Menschensoldaten aus Boasp.«

Der Bodhibaum fragte: »Was ist das für ein Mensch, dass du ihn so reich beschenkst?«

Bevor Naobe Wei antworten konnte, fiel ihm die Eiche ins Wort: »Was ist mit dem *achí*-Wind? Hast du da etwas herausgefunden, wie ich dir befohlen hatte?«

Natürlich. Erst ließen sie ihn warten, dann musste alles ganz schnell gehen.

»Einer nach dem anderen!« versetzte der Naobe. Stille kehrte ein.

Die Altwalden starrten den dunkelhäutigen Elben auf dem Stein in ihrer Mitte an.

Der holte tief Luft und erklärte: »Die Lage ist ernst. Isrogant hat sich sehr verändert. Die neue Kirche des Einen Gottes hat einen Weg gefunden, *achí* in ihre Bauwerke zu lenken.«

Die Eiche reagierte als erste. »Und wozu sollten sie das tun?«

Naobe sah sie lange an, ehe er antwortete. »Weil sie alles Magische hassen und aus Isrogant verdrängen wollen.« Bevor die Altwalden sprechen konnten, setzte er hinzu: »Aber neben dem Problem hier an den Quellen des großes Flusses gibt es ein anderes, nicht weniger bedenkliches an seiner Mündung.«

»Dort, wo dieses Boasp liegt?« fragte die Esche.

»Genau. Der Menschensoldat aus Boasp war auch im Auftrag seiner Herrn unterwegs, weil es dort zu schwarzer Magie gekommen ist. Ein Raftja-Phänomen.«

Die Ulme erzitterte. »Verschmolzene Materie und schwarzes Licht?«

Naobe Wei nickte, erklärte aber: »Wie genau das alles zusammenhängt, habe ich noch nicht durchschaut.«

Die Eiche schüttelte sich so heftig, das aus dem Geäst ihrer

Krone Dutzende Eichhörnchen herunterpolterten oder den Stamm entlang nach unten in den Wald flohen: »Das ist doch simpel! Habt ihr so wenig Fantasie? Darauf kommt jeder Idiot.« Sie machte eine Pause, in der einige Eichhörnchen zurückkehrten. Dann verkündete sie ihre Schlussfolgerung: »Diese Kirche sammelt *achí* für schwarze Magie!«

»Die neue Kirche hasst Magie«, widersprach Naobe Wei müde. »Das sagte ich doch. Sie verfolgt Elben, Begabte und sogar einfache Träumer. Dass sie schwarze Magie betreibt, ist also unwahrscheinlich.«

»Unwahrscheinlich ist nicht unmöglich. Dann gibt es eben einen Verräter in dieser Kirche.«

»Das habe ich auch bereits durchgespielt. wäre dieser Verräter selbst ein Schwarzmagier, hätte irgend jemand ihn entdeckt und auffliegen lassen.«

Diesmal meldete sich die Esche zu Wort. »Es sei denn, er dient nur einem Zirkel, ohne magisch begabt zu sein«, warf sie ein. »Oder die Verschwörung in der Kirche ist groß genug, einen Magier zu decken.«

»Dann muss die Verschwörung hohe Kreise einschließen.«

Zu Naobe Weis Überraschung sprach jetzt der Bodibaum, sogar nüchtern-sachlich: »Ich hoffe fast, ihr habt recht. Denn sonst haben wir es mit einem sehr starken Schwarzmagier zu tun, wie seit Jahrhunderten nicht. Einem, der sich verschließen kann.«

»Mach uns mal keine Angst!« rief die Eiche, aber an ihrer Stimme war zu hören, dass sie kalte Wurzeln bekam. Herausfordernd wandte sie sich an den Magier: »Was hast du unternommen bislang?«

»Nachdem ich entdeckt hatte, dass die Dome den Wind unterbrechen, musste ich mich an einem von ihnen mit einer Gruppe Fanatikern auseinandersetzen. Dabei habe ich leider den Pegasus verloren.«

»Ich gebe dir einen Pegasus und du verlierst ihn?«

»Er wurde mir mit schweren Ballisten unter dem Gesäß

weggeschossen.«

»Darüber reden wir noch.« Die Eiche klang drohend.

»Den *glanhír* habe ich aber noch.«

»Davon haben wir hier genug. So ein Pegasus ist selten.«

Naobe Wei seufzte. »Als wenn das jetzt wichtig wäre! Es gibt jedenfalls einen bewaffneten Widerstand der Mystiker gegen die radikalen Monotheisten. Dort habe ich den Mars aus Boasp kennengelernt, Levent. Seine Regierung schickte ihn, um die Quellen des schwarzen Lichters ausfindig zu machen. Sie vermuteten die Attentäter in den Jungen Königreichen. Deswegen war er dort.«

»Attentäter?« wiederholte die Eiche.

»In Boasp wurden *glanhíre* als Bomben missbraucht.« Naobe war es etwas müde. Die Altwalden mochten weise sein, aber sie waren auch langsam und unpraktisch. »Mein nächster Schritt führte mich zu Nooq-Leuten in einen Hain unterhalb der Schwemmlande, um Details abzuklären und Vorbereitungen zu treffen.«

»Details interessieren nicht. Nur Resultate. Warte hier. Wir werden uns beraten.«

Die Altwalden gingen nicht fort. Sie rauschten so schnell, so durcheinander, dass Naobe nicht folgen konnte. Nach kurzer Beratung verkündete die Eiche ihren Beschluss:

»Erstens, die Dome müssen weg, damit wir wieder an unser *achí* kommen. Zweitens, die schwarze Magie muss verschwinden. Wie stehen wir sonst vor dem Konzil da?«

Naobe nickte zur Bestätigung und fragte: »Wenn die Kräfte des Widerstandes in den Jungen Königreichen nicht ausreichen, bekomme ich dann eine Armee der Acha'Iden?«

Die Altwalden lachten ihn schlichtweg aus, sogar der sonst so freundliche Bodhibaum.

»Sorge du besser dafür, dass der Widerstand ausreicht. Wir brauchen die Acha'Iden hier gegen die Orks.«

So einfach wollte Naobe Wei sich nicht abschütteln lassen. »Die neue Kirche der Zweiten Offenbarung und ihre radikalen

Ableger gibt es überall in Isrogant. Ich weiß nicht, wieviele Kräfte sie ins Land holen können. Und wenn ich es mit einem starken Schwarzmagier zu tun habe, brauche ich mehr Unterstützung.«

»Haben diese Boasper denn eigene Drachen, die Sie dir leihen können?«

»Nein, es sind Seefahrer.«

Die Eiche seufzte. »Also braucht du etwas zum fliegen von mir, um die Dome zerstören zu können. Und wir geben dir sicherheitshalber das Kommando über die Deliyashkan.«

Während ein Befehlsstab durch die Äste zu dem Naobe hinunter gereicht wurde, fragte die Ulme besorgt: »Es gibt doch noch welche da draußen?«

Naobe nickte: »Zuviele eigentlich, kaum ein Elbe wird noch über hundert Jahre alt. Und es werden immer mehr Elben geboren, denen man ansieht, das sie das dreißigste Lebensjahr nicht überschreiten werden. Die Krankheit breitet sich immer schneller aus.«

»Du weißt, was zu tun ist.« Die Eiche wandte sich ab. Naobe war entlassen.

***

Naobe suchte den Flugpark im Schluchtengrund auf und wurde von einem Gnom zu den Höhlen geführt. Ein wunderschönes Tier weckte Naobes Aufmerksamkeit: Ein schlangenartiges Wesen mit prächtig leuchtendem Federkleid, selbst hier unten im Halbdüster sah man seine satten Farben.

»Das ist eine gefiederte Schlange. Ein Quetzal. Eine Neuanschaffung. Sieht großartig aus, nicht wahr?«

Naobe Wei nickte. »Der wäre etwas für mich. Aber vermutlich wird mir die Eiche so ein Tier nicht anvertrauen.«

»Worauf du wetten kannst. Die Sache mit dem Pegasus hat sich herumgesprochen. Angeblich reden sogar die Acha'iden in der Steppe darüber. Nein, du bekommst den dort.«

Naobe sah nur die Höhle, auf die der Gnom zeigte, aber keinen Drachen. »Verkriecht er sich in dem dunklen Loch da?«

»Iwo, wir sperren sie dort ein. Hier, gib ihr das, bevor du sie einreitest.«

Naobe Wei erhielt einen Sack, griff vorsichtig hinein und fischte eine getrocknete Pflanzenkapsel heraus. Er roch daran und schaute den Gnom fragend an.

»Mit den wärmsten Empfehlungen des Bodibaumes. Er mag dich, glaube ich. Schlafmohn. Beste Ware aus dem Danjabh. Das Tier ist ganz wild danach.«

Naobe kamen Zweifel. »Was ist das für ein Tier?«

»Es ist eine Drachenart. Sehr robust trotz ihrer Flugfähigkeit. Du weißt ja, nicht jeder Drache kann fliegen, selbst wenn er Flügel hat. Wir nennen sie Flugkröten.«

Orkenprinz und Rebellenhain

Wirklich transzendente Erfahrungen gab es nicht all zu viele im Leben. Deswegen galt es, sie zu achten und ihnen nachzugehen.

Das war Levents Einstellung, seitdem er als Junge eine Art Begegnung mit dem Einen hatte. Sie war – in bester Isroganter Tradition – im Traum geschehen. Auch jetzt war die Zeit für eine solche Begegnung gekommen.

Levent ging den langen Strand Boasps entlang, den alle »die Coppa« nannten. Eine Gruppe Menschen lag im Kreis direkt in den Wellen und genoß den Sonnenuntergang.

Eine Frau mittleren Alters, blond, in ein leichtes Strandkleid gehüllt, stand auf und hüpfte auf ihn zu. »Levittchen. Schön, dich zu sehen. Wo warst du die ganze Zeit?«

Levent erkannte die Frau. Sie küssten sich, bevor er ihr antwortete. »Hallo, Strandblume. Ich war in den Jungen Königreichen, etwas für die Regierung erledigen.«

»Du warst lange weg. Ich habe eine gute Neuigkeit für dich: Der Orkenprinz ist wieder da.«

Das war eine aufregende Nachricht. Levent schaute sich um. »Wo ist er?«

Strandblume wies auf das Meer, wo sich ein riesenhafter Schatten aus den Wellen erhob und kraftvoll das Wasser von seinem Körper schüttelte. Einen kurzen Augenblick verharrte er, dann preschte er vorwärts, auf Levent zu.

Der blieb stehen.

»Ich habe keine Angst«, rief er. »Du bist Vegetarier!«

Drei Zentner Muskeln und Sehnen, zwei Meter hoch, machten das Stehenbleiben schwer, und schließlich wich Levent aus.

Der Ork grub sich in den Sand, erinnerte fatal an ein ausrutschendes Nashorn, drehte den Oberkörper zu Levent, während die Füße noch in die entgegengesetzte Richtung schlitterten. Mit Schwung riss er den Mars in den Sand und setzte sich auf ihn.

Levent lachte, er wusste, was nun kam. Der Ork leckte ihn wie ein Hund, denn er wusste, wie sehr sein Opfer das hasste.

»Du Ferkel, ich war frisch gebadet!«

Der Ork packte Levent und warf ihn in die Brandung, mit müheloser Leichtigkeit. »Dann bade nochmal!« rief er und folgte seinem Opfer ins Wasser.

Levent geschultert, der ihm lachend auf den Rücken hieb, trottete der Ork zurück an Land.

»Viel hast du nicht gelernt in der Zwischenzeit«, grollte er, als er den Mars in den Sand fallen ließ. »Wer hat dir denn die hässliche Narbe verpasst?«

»Ein Inselgardist namens Bufor. Ich wette, er übt auch Arte Pankration. Aber ich habe ihn durchlöchert, mit Telmis neuester Waffe.«

»Mit Schusswaffen habe ich nichts am Hut. Aber um ehrlich zu sein, ich mache Witze. Deine Bewegungen haben sich verändert.«

»Das könnte tatsächlich an Piccolo und Vladimir liegen.«

Der Orkenprinz sah leicht beleidigt aus, was Levent seine Aussage präzisieren ließ: »So nenne ich die Waffen. Es sind zwei Stück. Eigentlich mache ich alles wie vorher, aber es fühlt sich anders an.«

Der Orkenprinz legte ihm die Hand auf die Schulter und raunte: »Komm mit, ich möchte dir jemanden vorstellen.«

Er führte Levent die Coppa entlang, aber unerklärlicherweise schien sie kein Ende zu nehmen. Dann bogen sie ab, auf einen anderen Strand.

»Boasp hat noch einen anderen Strand? Das wusste ich gar nicht.«

Der Orkenprinz zwinkerte ihm zu: »Du weißt doch, wenn es um Geheimtipps geht für diese Stadt... Ich bin die erste Adresse.«

»Wen möchtest du mir vorstellen?«

Der Orkenprinz unterbrach den Spaziergang und rückte Levent zurecht, so dass sie sich in die Augen schauen konnten. »Ich stelle Dir den wohl bedeutendsten Orkführer vor. Den Guru dessen, was die Adjagaren als Arte Pankration in ihren Akademien kopiert haben.«

Levent sah ihn ernst an. »Du sprichst doch nicht von deinem Vetter, dem Überork?«

Der Orkenprinz lachte lauthals. Es war so ansteckend, dass Levent einfiel.

»Ich rede von Öshnaday, du Narr. Dem Überork, der den Wundern und Daamiyarday die Stirn bot und doch so tragisch verlor!«

»Öshnaday ist tausende Jahre tot.«

Der Orkenprinz schüttelte seinen bärengroßen Schädel. »Das denkt ihr.«

Levent erwartete einen gewaltigen Umriss, wie ihn der Orkenprinz abgab, der sich allerdings Mühe gab, mit Drei-Viertel-Schwimmhosen und Bastlatschen eine unauffällige Erscheinung abzugeben. Stattdessen erblickte er eine unscheinbare kleine Gestalt. Öshnaday erinnerte an eine magere Katze, nicht an einen Löwen.

»Ich dachte, er sei... größer.«

Der Orkenprinz antwortete: »Jeder sieht das in ihm, was er sehen kann. Er wird dir das Geheimnis des Pankration verraten.«

Levents Herz klopfte schneller.

Konnte das sein? Der legendäre Öshnaday, der sein Volk rettete, indem er es zerstreute, nach der verlorenen Schlacht um die große Stadt... dieser Überork war in Boasp? Wie konnte das dem Geheimdienst entgangen sein? Immerhin wurde der Orkenprinz genau beobachtet.

Öshnaday drehte seinen kleinen Kopf zu den beiden alten Freunden, die zugleich Lehrer und Schüler waren. Er lächelte sanft. »Orkenprinz. Schön, dich wieder einmal zu sehen. Wen bringst du da mit?«

»Das ist mein Schüler Levent. Ich versprach ihm, du würdest ihn in das Rätsel dessen einweihen, was die Menschen seit den Zeiten Adjagards Pankration nennen.«

Öshnaday betrachtete Levent und sagte: »Bewege dich aus deiner Wahrheit. Bewege deine Wahrheit. Deine Wahrheit der Bewegung.«

Levent hatte geahnt, das Öshnaday orakeln würde und fragte rasch: »Wie erkenne ich meine Wahrheit?«

»So, wie du nur dich eben erkennst.«

Der Orkenprinz stand jetzt neben Öshnaday. Unterschiedlicher konnten die beiden Orks nicht aussehen, der eine groß und prächtig, der andere bedächtig und schüchtern. Dennoch ging von Öshnaday eine ungeheure Präsenz aus.

»Jeder sieht das in ihm, was er nur sehen kann«, wiederholte der Ork. »Bewege dich aus deiner Wahrheit heraus.«

»Wie finde ich diese Wahrheit?«

»Mit dem Herz und Bauch spürst du sie.«

Eine Frauenstimme rief ihn. Es musste Strandblume sein.

***

»Er wacht auf!« rief die Frauenstimme.

Levent sah sich um: »Strandblume?«

Jetzt klang die Frau verstimmt.

»Nein, ich bin nicht Strandblume. Mein Name ist Cezra.«

Als Levent sie anlächelte, veränderte sich ihr leicht zorniger Blick ins positive. Gelbe Blätter fielen auf ihn herab.

Es ist schon Herbst. Wo bin ich? Bufor!

Er wollte sich aufrichten, doch Cezra hielt ihn sachte davon ab.

»Du warst fast drei Monate im Heilschlaf. Dein Kreislauf ist schwach.«

»Wo bin ich?«

Cezra antwortete in beschwichtigendem Tonfall, doch ihre Aussage war alles andere als beruhigend. »In einem Rebellenhain.«

Levent schaute an sich hinunter und bemerkte die vielen Bandagen, die man um ihn geschlungen hatte: »Mein Gott, ich sehe aus wie eine Mumie!«

Sie lachte.

Mittlerweile waren auch andere Bewohner des Haines an Levents Krankenlager gekommen. »So etwas ähnliches warst du auch. Der Gardist hätte dich fast getötet. Eigentlich *hat* er es, aber unsere Nooma-Heiler konnten Dich retten. Dein wertvollstes Heimittel hattest du aber selbst dabei: Eine Eichel der besonderen Art.«

Das war die Eichel, die Naobe Wei mir zum Abschied gab.

Er wollte nicht über den Magier reden. Noch nicht.

»Wer von euch hatte die grandiose Idee, das ausgerechnet ich mich um diese Schlange Bufor kümmern sollte?«

»Das war ich!« Der Sprecher war ein Mann Ende Vierzig, von Narben gezeichnet. Eine hagere Gestalt mit schwarzen Haaren, die stellenweise grau wurden, in abgetragene Tarnkleidung gehüllt. »Selim Beck, Anführer der hiesigen Widerstandsgruppe.«

Er reichte Levent die Hand, der sie so kräftig drückte, wie es in seinem Zustand ging und fragte: »Auch ein Turaner? Mein Name ist Levent. Mars aus Boasp. Habt ihr den Kardinal? Ist er hier?«

Beck schüttelte betrübt den Kopf.

»Eine merkwürdige Sache. Er hätte tot sein müssen. Einer unserer Attentäter erstickte ihn förmlich in *achí*.«

Levent blickte auf: »Attentäter? Mir sagte man, er solle entführt werden. Ich wollte ihn ausquetschen. Für einen unmotivierten Mordanschlag auf die Kirche hätte ich mich nie hergegeben.«

»Der Kardinal hat überlebt«, versicherte Beck . »Durch einen neutralisierenden Gegenzauber.«

Das schien auf den ersten Blick unwahrscheinlich für einen hohen Vertreter der Kirche, aber immerhin war der Kardinal in magische Machenschaften verstrickt, wie immer diese auch konkret aussehen mochten.

Levents Gedanken waren nach dem langen Schlaf noch nicht so schnell, wie er es gewohnt war. »Vielleicht war er so aufgeladen mit *achí*«, überlegte er laut.

„Welches *achí*?“ fragte Beck nach.

Levent lüftete das Geheimnis, das ihm Naobe Wei anvertraut hatte.

»Die Kathedralentürme dienen nicht der Lobpreisung Gottes«, erklärte er. »Sondern dem Einfangen von *achí*. Bufor, der Gardist, hält den Kardinal sogar für einen magisch kontaminierten Märtyrer.«

Beck schüttelte erstaunt den Kopf: »Das wussten wir nicht. Aber das erklärt noch nicht die Nooq-Technik, die der Kardinal benutzt hat. Dafür muss man *korash* sprechen. Und sei es nur eine saubere Silbe.«

Das fand Levent auch merkwürdig. »Weshalb haben Sie mich auf Bufor angesetzt? Was ist aus ihm geworden?«

»Der Gardist? Er musste abgelenkt werden, weil er eventuell das *achí* bemerkt hätte, das wir für das Attentat gesammelt hatten. Was aus ihm wurde, wissen wir nicht. Seine Leute werden sich seiner wohl angenommen haben. Wir fanden ihn blutend über dir liegen. Mitnehmen konnten wir ihn beim besten Willen nicht. Wir hätten ihn retten können. Aber eventuell auch wieder töten, falls er nicht kooperiert.«

»Was meinen Sie damit, dass Bufor *achí* bemerken könnte?«

»Sensible Gardisten können mit der Klinge ihres Leichtschwertes Energien spüren. Unter anderem *achí*. Deswegen mag Avenicum Dalor diese Wachhunde so besonders.«

Die Klinge als Wünschelrute? Das wird ja immer besser!
»Ohne euch wäre ich wohl tot«, stellte Levent fest.
Und vielleicht gar nicht in diese Situation geraten.
»Ohne deine Waffen auch.« Beck reichte Levent Piccolo und Vladimir. Dieser bedankte sich, froh, dass die wertvollen Prototypen nicht den Veitstänzern in die Hände gefallen waren.
»Was geschah weiter an dem Abend? Nachdem Bufor und ich uns gegenseitig umgebracht hatten?«
»Veitstänzer und Karinger Läufer stürmten die Kirche, nachdem dort die Inneneinrichtung durch den Raum geflogen war. Unsere Deliyashkan griffen sie dort an und deckten unseren Rückzug in den Hain.«
Levent erinnerte sich schwach an ein zweifaches Poltern und anschließendes vielfaches Gebrüll, nachdem Bufor ihn unter sich begraben hatte. Danach war die Welt schwarz.
»Und der Kardinal? Ist er noch im Bronnland?«
»Nein, der Feigling ist geflohen. Nach Fährsteg.«
»Wohin auch sonst?« spöttelte Levent.
Beck reichte ihm einen Stapel Zeitungen.
»Du warst fast drei Monate im Heilschlaf. Lies, das wird dich aufklären.«

Ein feiges magisches Attentat wurde auf den Kardinal Joch von Freisung in unserem schönen Bad Heilbronn verübt. Die Veitstänzer eskortieren den Kardinal zurück nach Fährsteg.
Nach diesem Übergriff ernannte Gaumarschall Veit Fährsteg zum Zentrum eines Gottestaates. Er kündigte an, weitere von Magie befreite Zonen schaffen, in denen magische Übegriffe gegen friedliebende und verdiente Bürger nicht möglich seien.
Als Reaktion vergab die Metropole Boasp der freien Stadt Antipolis vor den Toren der Südgäu den Status eines Allianzpartners. Boasp verlagert weitere Flottenteile zum benachbarten Stützpunkt in der Gautanamole.
König Wenzel lässt seit dem Attentat die Wälder des Bronnwaldes durchkämmen. Seine Truppen sind auf der

Suche nach versteckten Widerstandsnestern, denn nur aus deren Schutz heraus konnten die Attentäter operieren. Bronnländische Einheiten überschreiten dabei weiträumig die Grenze zu Loren.

König Wenzel sagte dazu: 'Es geht nicht um einen Angriff gegen die Karinger in Loren oder deren König Nicolas. Der Einsatz richtet sich ausschließlich gegen die Terroristen, die den Boden Lorens als Rückzugsraum missbrauchen, um bronnländer Karinger zu töten.'

Levent blickte zu Selim Beck: »Sind wir in Loren?«

Der Anführer des Widerstandes schüttelte den Kopf. »Dieser Hain liegt im Bronnland.«

Levent hatte nicht den Eindruck, in besorgte Gesichter zu schauen. »Gab es keine Suche nach euch oder hat die Zeitung übertrieben?«

Beck lachte: »Die haben uns einfach nicht gefunden.«

Kurz lachte Levent mit, dachte allerdings weiter. »Bis zum Winter bleiben noch gut zwei Monate Handlungsspielraum. Irgendwer in diesem Spiel wird bis dahin noch Fakten schaffen.«

Er schwang die Beine bedenkenlos aus dem Bett, doch als er stand, wurde ihm sein Denkfehler bewusst. Er schwankte und musste Halt suchen, bevor er an seinem Körper hinab auf seine Beine sah. »Für drei Monate Schlaf sind sie aber noch ziemlich dick.«

Selim nickte. »Wir haben dich die ganze Zeit massiert und mobilisiert. Wir ahnten, wenn du erwachst, dass du dann wenig Zeit haben wirst. Wo willst du nun hin?«

»Ich muss nach Nöln!« Levent spürte Zorn auf sich selbst.

Auftrag vermasselt und drei Monate ausgeschaltet. Hoffe, Bufor sehe ich nie wieder.

Cezra stellte sich neben ihn.

»Ich begleite den Mars nach Nöln.«

»Ich arbeite lieber alleine. Außerdem ist das gefährlich.«

Cezra lächelte sanft. »Die Deliyashkan haben mich trainiert. Wir leben hier in einem Widerstandsnest. Du wirst schon sehen, dass ich kämpfen kann.«

Levent sah zu Selim Beck. Dieser nickte bedächtig.

Vielleicht ist es ganz praktisch, als Pärchen aufzutreten. Außerdem sieht sie gut aus.

»Nun denn, du kommst mit«, willigte er ein. »Aber ich habe keine Lust, zum falschen Zeitpunkt mit dir über die richtige Entscheidung streiten zu müssen.«

***

Der Hain lag verborgen auf den unzugänglichen Höhenzügen des Bronnwaldes. Dieses Gebirge war die wilde Grenze zu Loren, passierbar nur über wenige enge Wege. Die Karinger hielten es für unmöglich, dass Reisen abseits dieser Pfade im Dickicht des Waldes möglich waren.

Levent und Cezra benötigten dennoch nur einen Tag bis zur Bronn.

Ihr Marsch führte durch verborgene Hohlwege, meist dunkelgrüne Tunnel, die auf und ab verliefen statt von links nach rechts. Mal ragten Wurzeln in den Gang, mal war es hell wie in einer Baumkrone. Oft wechselten sie an einer Kreuzung den Weg.

Levent staunte. »Ich habe schon viel gesehen, aber das hier ist wirklich einzigartig.«

»Das Werk von Nooma-Meistern«, erklärte Cezra, während sie vorneweg ging.

Figur und Bewegungen passen perfekt zusammen. Levent war abgelenkt. *Vielleicht hat das der alte Beck so eingefädelt, damit seine Tochter mich von den Geheimnissen des Hains abbringt.* Er musste lachen. *Strenggläubige Väter würden nicht so pragmatisch denken.*

Cezra schaute ihn misstrauisch an, als sie das Lachen hörte.

Reiß dich zusammen! Wie alt bist du denn? Denk an deine Ausbildungen. Mal sehen, was Dr. Hu später unter Hypnose aus mir herausbringt.

Die Reise durch das eigentliche Bronntal verlief unspektakulär, in Nöln allerdings bemühten sie sich vergeblich um ein ordentliches Zimmer, denn alle besseren Hotels und Pensionen waren ausgebucht. Die Pförtner erklärten diesen Umstand immer mit dem gleichen Grund: »Wegen der Immobilien-Börse ist alles dicht.« So mussten sie die Nacht in einem heruntergekommenen Quartier verbringen, zu Levents Leidwesen lediglich nebeneinander.

Am kommenden Tag verschaffte sich Levent erneut Zugang zu dem geheimen Auslandskonto des Boasper Geheimdienstes. Seine alte Armeewaffe lag noch in der Truhe, neben einer weiteren chiffrierten Nachricht: »Aufsichtsrat rechnet bald mit Krieg. Antipolis erwartet Flüchtlingswelle. Alle weiteren Aktionen bleiben inoffiziell. Boasp will keine Radikalen.«

Levent hinterlegte eine Quittung für das Geld und das Schreiben.

Auf der Straße traf er wieder auf Cezra, die draußen gewartet hatte, allerdings nicht ganz ohne Protest. Das schien vergeben. Lächelnd hakte sie sich bei ihm unter. »Bilde Dir nur nichts ein«, flüsterte sie. »Das ist alles Tarnung! Lass uns zurückgehen, ich fühle mich unwohl hier in Nöln.«

Sie sucht Schutz bei mir. Das tut richtig gut. Ich glaube, die Kleine ist verliebt.

»Ich möchte unbedingt zu dieser Börse.«

»Die Immobilienbörse?« Sie blieb stehen. »Bist du verrückt? Warum hier länger sich einer Gefahr aussetzen? Im Bronnwald sind wir sicher.«

»Nur keine Angst«, grinste er. »Ich beschütze dich!«

»Du Vorflut-Macho! Sag mir wenigstens, warum du das Risiko eingehst?«

Er hob die Schultern. »Das ist mein Job. Der Intuition folgen. Augen offen halten.«

Cezra seufzte. Sie glaubte ihm ganz offensichtlich nicht.

»Ich suche jemanden«, räumte er ein.

Chou Man

Die Börse fand im alten Kastell am Südufer der Bronn statt, auf der anderen Seite des Flusses, von der Stadt aus gesehen. Die Nölner nannten es »Messe«, seit es mit der Befestigung Nölns durch eine eigene Stadtmauer aufgegeben worden war. Heute lag ein Handelshof in den alten Festungsmauern, zusammen mit einem Hotel und einer Messehalle. Der Karawanenhandel entlang der beiden großen Flusstäler wurde hier ebenfalls abgewickelt. Der alte Militärhafen des Kastells sicherte die Schiffsverbindung zur Stadt.

An der Mauer links und rechts vom jetzt geöffneten Haupttor der Messe hingen die Wappen der auf der Immobilienbörse vertretenen Bankhäuser, Handelsgesellschaften, Adelsfamilien und Großgrundbesitzer. Levent suchte sie ab und wurde fündig. Erfreut rief er aus: »Da ist er! Ich muss etwas erledigen.«

»Da ist wer?« fragte Cezra. »Was musst du erledigen? Und brauchst du für was immer du tun musst wirklich deine Waffen?«

Sie deutete mit einem leichten Schieflegen ihres Kopfes auf den Sicherheitsdienst, der die Messebesucher kontrollierte. Immerhin waren beachtliche Teile der Oberschicht der Jungen Königreiche hier versammelt, eine lohnende Ansammlung für Feinde oder einfache Entführer und Erpresser.

Levent gab Cezra die Futterale mit den Windbüchsen: »Warte hier oder kauf dir was schönes.«

Missmutig wanderte Cezra über den der Messe vorgelagerten

Markt und setzte sich schlussendlich an einen Imbiss. »Für was hält der mich? Eine Basarmieze?«

Ihre Laune verfinsterte sich zunehmend, weil Levent sie zu allem Überfluss auch noch lange warten ließ. Als sie gerade beschloss, in ihr Quartier zurückzukehren, egal ob er sie dort fand oder nicht, schlenderte er ihr aus dem Messeportal entgegen. Er pfiff gut gelaunt und und schlug plötzlich die Hacken im Sprung aneinander. Cezra zog die Brauen hoch. Dann musste sie lachen.

»Was war denn das für ein Ausbruch?« fragte sie. »So gute Neuigkeiten?«

Sie reichte ihm seine Waffen. Er steckte sie unter seinen Mantel.

»Wir haben ein besseres Quartier!«

»Wofür Quartier? Wir bleiben noch eine Nacht in Nöln?«

»Nicht direkt in Nöln. Aber richte dich auf eine Woche ein. Solange dauert die Börse noch.«

»Ein Alptraum«, seufzte sie.

Levent küsste sie auf die Wange.

»Es wird dir gefallen.«

***

Die Eingangshalle des Messehotels war gemütlich. Ein großer Kamin wärmte über Rohrleitungen zugleich die Gästezimmer bis in die oberen Etagen. Levent und Cezra fielen in ihrer einfachen Kleidung zwar etwas auf, aber Levents Benimm überzeugte das Personal, dass sie nicht wirklich fehl am Platz waren.

»Ganz schön beeindruckend.« Sie hatte in ihrer Kindheit nichts als einfache Hütten gesehen.

»Nicht schlecht für die Jungen Königreiche, das stimmt. Aber ich kenne ganz andere Karawansereien.«

»Ach ja?«

Cezra ahnte, was nun folgen würde und Levent bestätigte

ihre Befürchtungen umgehend durch eine weitere Prahlerei.

»Das Wort *serail* bedeutet Palast. In Rinjapur zum Beispiel steige ich üblicherweise in echten palastgroßen Hotels ab.«

Wie konnte ich mich nur in so einen aufgeblasenen Wichtigtuer verlieben?

»Du bist hässlich, wenn du so angibst!« fauchte sie.

»Dann findest du mich ansonsten gutaussehend?«

»Idiot!« Cezra lehnte sich zurück, schlug die Beine übereinander. Levent tat es ihr nach.

Feuer und Flut, ist die Frau kompliziert. Ich dachte, sie ist eine Kämpferin und weiß, was sie will. Am Ende glaubt sie noch an die große Liebe.

In diesem Moment hörten sie den Rezeptionisten sagen: »Guten Tag, Earl. Es warten zwei Leute auf Sie.«

»Danke.«

Ein hochgewachsener, schlanker Mann, der in seiner legeren Kleidung fast schlaksig wirkte, begrüßte sie. Levent stellte Cezra vor. Der Earl lächelte sie breit an: »Nennt mich Nestor! Und nur keine Verbeugungen, sonst seht ihr noch, was für Schlappen ich trage.«

Er zeigte auf ein Paar vielgetragener Mokassins und lachte so laut, dass bis in den Küchenbereich alle es mitbekamen. Er bestellte Pasteten und Bier auf sein Zimmer und lud Levent und Cezra ein, ihm zu folgen.

Die Suite, die der Earl bewohnte, fand Levent höchst geschmackvoll eingerichtet.

Nestor öffnete die Fenster. »Hier muss mal Luft rein.«

Vom Dom am anderen Flussufer wurde zum Gebet gerufen.

»Es gibt nur Einen Gott und in Avenicum Dalor hat er sich offenbart!«

Der Earl drehte sich um, plötzlich ernst. »Neue Zeiten haben begonnen. Schon der zweite Dom in den Königreichen.«

»Wird es in Tull upon Isle auch einen geben?« fragte Levent.

»Nicht so bald. König Liam ist nicht strenggläubig. Außerdem hat die Insel durch die Nähe zur Acha'Id einen natürlichen mystisch-kulturellen Einfluss.«

»Und durch das Elbishire«, fügte Levent hinzu, der das Gespräch gerne in diese Richtung lenken wollte. Es klopfte. Nestor öffnete dem Pagen die Tür, der die Bestellung brachte. Mit einer entsprechenden Geste lud der Earl sie ein sich zu bedienen.

Seine Augen wanderten, und er bemerkte die beiden Windbüchsen, die halb aus ihrem Futteral luften, das Levent zum Essen neben sich gelegt hatte.

»Darf ich?«

Levent nickte, und der Earl wog eine der Waffen in den Händen hin und her.

»Sie verschießt Kugeln«, erklärte Levent. »Nur das Zielen ist mehr Intuition als Berechnung.«

»Ist das Zwergenmagie?« wollte der Earl wissen.

»Wenn man es so definieren wollte«, antwortete Levent. »Die elbische Magie bearbeitet die Energie der Wunder unter der Benutzung der Magiersprache *korash*. Anders als die eher menschlich dominierten Lehren des Nooma, bei dem es um das Einfühlen in den natürlich Fluss des *achi* geht."

Der Earl widerprach dieser Zusammenfassung nicht, schien aber zu warten, dass Levent den banalen Binsenweisheiten etwas Interessantes folgen ließe.

»Die Zwerge nun nutzen oder erzeugen verschiedene Energien der Natur mit Maschinen. Dieses Wissen kodieren sie in Binar.« Levent hob die Piccolo, um es zu demonstrieren. »Diese Waffe nutzt das Element Luft, in dem es dieses Element in seine Energie, den Wind, verwandelt.«

Das weckte das Interesse des Earls: »Das Feuer habt ihr ja auch schon in euren Waffen.«

»Den Elementen ihre Energien zu entlocken bedeutet auch, sie zu kombinieren und Energien zu verwandeln, ehe man sie anwenden kann.«

Der Earl nickte: »Einen ähnlichen Ansatz verfolge ich auch. Nicht umsonst gibt es so viele Überschneidungen in den Ars Adjagares, gelten für viele Dinge ähnliche Prinzipien. Ich muss unbedingt nach Boasp. Stimmt es, dass dort das Zwergenwissen regelrecht gebunkert wird?«

»Wir haben die Stelen der Zwerge mit ihren Konstruktionsplänen nach Boasp verbracht und auch weitere Binar-Tabellen gefunden, die wir aber noch nicht alle entschlüsseln konnten.«

Nestor war begeistert. »Boasp weiß, wo die alten Zwergen-metropolen liegen?«

»Wir unternehmen regelmäßig Expeditionen den Nalgiyanat hinauf.«

»Das ist Wahnsinn! Sie wissen, wo der Nalgiyanat fließt?« Nestor war vor Begeisterung kaum zu halten.

»Eine Gegend wie heißes Blei. Die Orks kennen die Städte übrigens auch, können aber nichts damit anfangen.«

Die Stimmung des Earls schlug um.

»Muss ich mir um Antipolis Sorgen machen? Fällt es dem Veit in die Hände?«

Levent spülte einen Bissen Pastete mit Bier hinunter.

»Die Marinesoldeten, die Mars, sind Resultat einer umfas-senden Militärreform. Unsere besten Köpfe im Arsenal bilden ununterbrochen neue Soldaten aus. Immer mehr Einheiten kommen in den Dienst. Ich denke, Antipolis ist sicher. In Fährsteg sollte man sich eher Sorgen machen.«

Nestor schenkte allen nach und bemerkte, dass Cezra langsam in ihrem Sofa versank.

»Was für ein Boxen wird gelehrt bei den Mars?«

Levent überlegte, wie er es erklären könne. »Gar keines. Es ist eine einfache Art des Pankration. Mars kämpfen mit Telmischleudern. Ihr Pankration ist auf militärische Gefechte sowie Enter- und Landemanöver ausgelegt.«

»Das klingt sinnig.« Nestors Lachen war ansteckend. »Die Arte Pankration gefällt mir sogar sehr gut. Aber man kann nicht alles lernen.« Er rieb sich die Hände. »Gut Levent, wann legen wir los?«

Levent blickte den Earl verständnislos an. Langsam fiel der

Groschen.

»Oh nein. Ich kam nicht, um Ihr Schüler zu werden. Meine Ars Adjagaris sind Pankration und Binar. Aber dieses Mädchen neben mir ist eine tapfere Widerständlerin, die Seite an Seite mit Elben kämpft. Ich dachte, sie könnte etwas Nooq für den Kampf lernen.«

Der Earl strahlte. »Wirklich?«

Jetzt wachte Cezra auf.

»Kommst du eigentlich manchmal auf den Gedanken, deine Mitmenschen zu fragen, bevor du sie verplanst?« fuhr sie Levent an.

Enttäuschung malte sich auf seinem Gesicht.

Der Earl jedoch ließ keine schlechte Stimmung aufkommen. »Ich quartiere euch beide im Hotel ein«, bemerkte er quirlig. »Und am Abend wird gelernt. Ja?«

Cezra brachte nur ein Kopfnicken zustande.

Später erst, in einem unbeobachteten Moment, fragte sie Levent: »Wer ist dieser Kerl?«

»Das ist kein Kerl, er hat ein riesiges Lehen an der Acha'Id und ihm gehört verdammt viel Land in den Jungen Königreichen. Und was noch wichtiger ist: Er lernt bei Nooqmeistern, ich denke sogar, bei einem Naobe.«

***

Die drei trafen sich in der folgenden Woche an jedem Abend. Cezra wusste um die beschränkte Zeit, die sie hatte. Um so intensiver befasste sie sich mit der Materie. Nestor beantwortete Hunderte von Fragen, immer mit gleichbleibender Begeisterung.

Auch Levent hörte aufmerksam zu.

Er begann langsam, einige alte Erkenntnisse aus neuem Blickwinkel zu betrachten: Magie spezialisierte sich auf den Geist, Pankration auf die körperlichen Aspekte. Echte Kraft jedoch lag im Zusammenspiel von Körper und Geist. Seine

Ideen blieben Ansätze, mehr Intuition als ein wirkliches System.

Zu seiner großen Verwunderung erklärte der Earl keine Nooq-Technik. »Schaut man genau hin, gibt es zwischen den Artes Überschneidungen und viele Praktizierende studieren zwei der alten Künste, um ihr Interesse besser abdecken zu können.«

Levent erinnerte sich jenes Gespräches, das er mit Nestors Vater im Elbishire im Herrenhaus der Familie geführt hatte. »Ihr Vater erwähnte, Sie studieren die Arte Ästhetik. Das ist doch Verhandlung, singen und so weiter?«

Der Earl lachte ob dieser radikalen Zusammenfassung. »Jede der alten Künste hat eine anwendbare Lehre der Kampfkunst. Bei einigen ist es offensichtlich. Bei anderen weniger. Bei manchen hält man es für unmöglich. So birgt auch die Ästhetik tiefere Geheimnisse. Wie jede Kunst hat sie ein Grundverständnis von Energien, mit denen sie arbeitet. Wir arbeiten mit Gefühlen und Emotion, Spannung und Katharsis.«

»Und das funktioniert auch im Kampf?« Es gelang Levent nicht, seine Skepsis zu unterdrücken. »Kennt sie noch jemand, diese Kunst?«

Wieder lachte der Earl. »Die Ästhetik liegt oft nahe bei der Magie. Außerdem hat sie mir geholfen, reich zu werden! Leider haben sich nur wenige Adjagaren mit der Ästhetik so tief beschäftigt, vor allem in der Spätphase, als das Reich konsolidiert war. Aber ich hatte wie immer Glück und fand einen ausgezeichneten Lehrer, einen Freund der Familie. Meine Familie stammt aus der alten Kolonie Adjagards. Ohne die Flut wäre ich vermutlich auch ein Adjagare geworden.«

Das war eine neue Information, die Levent erst einordnen musste. »Kennen Sie Lady Nuefa? Eine sehr engagierte Kämpferin und nach eigener Angabe ebenfalls aus einem Adjagarenhause stammend.«

Der Earl sah plötzlich sehr glücklich aus. »Sie kennen meine Cousine?«

Isrogant ist so unendlich groß und doch so klein.

***

Eine Nachricht überschattete das Training. Sie verbreitete sich wie ein Lauffeuer. Reisende des Handelshofes streuten die Meldung zuerst, und bald darauf bestätigten es die Zeitungen.

> Gaumarschall Veit dringt mit seinen Glaubenskriegern über die Pässe der Hochgäu in das Tal der Loren ein. Die lorener Armeen wurden überrascht und zugleich von einem zweiten Gegner bedrängt: König Wenzel rückt mit Karinger Läufern über den Bronnwald in die nördliche Uferhälfte vor. Loren sieht sich sich einem Zweifrontenkrieg gegenüber, den es nicht wird gewinnen können.

Nestor und Cezra verabschiedeten sich nun als Meister und Schülerin: »Wenn du jemanden besiegst und er dich fragend ansieht, dann erkläre ihm, Chou Man hätte dich das gelehrt.«

»Chou Man?«

Der Earl drückte sie. »Immer noch Nestor für dich, mein Kind!«

Auch Levent schüttelte dem Earl die Hand: »Tausend Dank. Sie haben mich inspiriert. Leider sind es unruhige Zeiten. Ich hätte meine Ideen gerne mit Piccolo, meinem Ausbilder, besprochen. Ich fühle, dass er es in ein System bringen könnte.«

Der Earl sah ihn durchdringend an. »Manchmal ist es sinnvoller, sich nicht um Details zu sorgen, sondern sie sich entwickeln zu lassen. Tritt immer einen Schritt zurück in die Makroskopie. Handele nach Maximen. Probiere Prinzipien aus, bis du den Eindruck hast, der Rest entwickelt sich von dort aus optimal für dich.«

Plötzlich fielen Levent die Worte Öshnadays ein.

Bewege Dich aus deiner Wahrheit.

Das war nur ein Traum gewesen. Aber was hieß das schon in Isrogant... "nur ein Traum"?

Flucht nach Boasp

Joch von Freising stand an Deck eines Frachters, der auf dem großen Nevrizian stromabwärts nach Boasp trieb. Der Frachter fuhr nicht alleine, denn die Wege und Gewässer Isrogants waren nicht mehr so sicher wie zu Zeiten der Ius Adjagard. Es waren neun Handelsschiffe, die in Kiellinie fuhren, flankiert von Krokodilen, den gepanzerten Kriegskanus Boasps.

Joch stellte fest, dass die Mannschaften des Konvois vergleichsweise wenig arbeiten mussten. Das Flussgefälle bewegte sie, ebenso wie ein konstanter Südwind, der sie seit dem Aufbruch aus Fährsteg unterstützte.

Du kannst froh sein, das du hier stehst und dich langweilst und grämst.

Er hielt den Brief unentwegt in den Händen, es fiel ihm schwer, ihn zu vernichten. Immer wieder las er die Nachricht vom Ende seiner Karriere in der Kirche und seinen Plänen auf die Kaiserkrone der Karinger.

»Bruder, Du wurdest enttarnt. Boasps Spione haben Erkenntnisse über die Dome an den Lektor geleitet. Außer sich hat er Legat Takahiro gesandt, Dich zu verhören. Zehn Gardisten begleiten ihn. Die Sache ist ernst.«

Die Sache ist zu Ende. Diese Boasper Spione würde ich gerne mal kennenlernen.

Wirklich zürnen konnte er ihnen nicht. Jeder musste seine Arbeit machen.

Ein Gegenkonvoi mühte sich stromaufwärts, ebenfalls

eskortiert von Krokodilen.

Er sah genauer hin.

Tatsächlich: Die Flagge Avenicum Dalors wehte über einem der Masten.

Wegen des Gegenwindes waren die Segel eingeholt, Ruderer bewegten das Schiff der Fließrichtung entgegen.

Amüsiert bemerkte er, dass die Kirche eine eigene kleine Barkasse gemietet hatte. Neugierig hielt er nach dem Legaten Ausschau, der ihn hätte verhaften sollen, konnte ihn aber nicht ausmachen. Dafür entdeckte er eine Gruppe übender Inselgardisten am Heck des Schiffes.

So viele Gardisten, alle Achtung. Nur für mich! Aber vielleicht sind es auch wegen Bufor so viele. Ach, armer Bufor!

Eine junge Frau trat neben Joch. Sie sah sehr blass aus, fahl, als leide sie an Blutarmut.

»Brauchst du etwas, Vater?« Ihre Stimme klang zu abgekämpft für jemanden ihres Alters.

»Nein, mein Kind, geh du ruhig zu deinen Geschwistern.«

Ohne ein weiteres Wort verschwand sie. Etwas verdrossen schaute Joch zurück in Richtung der Jungen Königreiche, die er so plötzlich hatte verlassen müssen und denen der Legat nun erwartungsfroh und tatendurstig entgegen steuerte.

Der Erzmagier wird erbost sein, weil sein Plan misslungen ist.

Er war von langer Hand vorbereitet gewesen und hatte viel Kraft und Einsatz erfordert: Einen Enkel Landomans finden, ihn ausbilden, in der Kirche unterbringen, Kardinal werden lassen, magisch aufladen, eine verschworene Gemeinschaft um ihn herum aufbauen.

Wo war mein Fehler? Die Ambitionen auf die Kaisermacht? Der Erzmagier wollte mich als Lektor sehen. Aber auf den Lektortitel gibt es keinen sicheren Anspruch, nur eine Gunst der Nachfolge. Der Erzmagier wäre auch zufrieden gewesen, wenn ich Kardinal und Kaiser geworden wäre. Nein, das Problem war ein anderes. Joch spuckte aus und zischte einen Namen: »Der Veit.«

Ich hätte mich mit diesem unkontrollierbaren Chaoten nicht einlassen

dürfen. Dieser Magiehasser war mir unsympathisch. Ohne seine Radikali-
sierung hätte es kein Attentat gegeben und ich hätte nicht zu zaubern
brauchen.

Er hatte sich in seiner Menschenkenntnis fraglos überschätzt,
mit zu vielen Bällen jongliert. Aber noch ein Wort stand für
eine Fehleinschätzung seinerseits. *Ich hätte keine nzumbes nach*
Boasp schicken dürfen. Wie naiv zu glauben, die Republik wäre auf die
Seite der Kirche gewechselt und wäre so mir gegenüber neutral geblieben.
Aber hinterher ist man immer schlauer.

Immerhin hatte er eine beachtliche Ausbeute an magisch auf-
geladenen Kristallen aus der Arbeit der letzten Monate vorzu-
weisen. Sie würde eine Basis abgeben für die Zukunft.

Es waren keine guten *glanhíre*, diese künstlichen Dinger, sie
waren auch nicht für intelligente Zauberei geeignet. Aber für
seine *nzumbe* reichten sie aus. *Bumm!*

Joch schaute der Flagge über der Barkasse Avenicum Dalors
hinterher, bis sie außer Sicht geriet. Als das Schiff verschwunden war, entschloss er sich, all das hinter sich zu lassen
und von vorne zu beginnen. Er ging unter Deck, um zu
träumen.

***

Auf halber Wegstrecke zur großen Metropole im Golf passierten sie einen Ort, der von den Reisenden des Flusses in Er-
mangelung weiterer Kenntnisse *Orktempel* genannt wurde: Eine
Gruppe dreier mächtiger Baumstämme.

Aus einem Knochenhaufen wuchsen eine hochgewachsene
Mastentanne, ein roter Großbaum und eine Königspalme. An
den Stämmen selbst hingen die skelettierten Schädel eines
Mammuts, eines Nashorns und der Kiefer eines monströsen
Hais.

Das Gebilde lag auf dem östlichen Ufer des Nevrizians und
gehörte zur Orkenai, dem Reichsgebiet des Überork. Auch
wenn die meisten Reisenden keine Rauden sahen: Man wusste

nie genau, ob man nicht von Orks beobachtet wurde und wie schnell diese mit Verstärkung heranrücken konnten. Sie waren jedenfalls mobiler als Reiterverbände.

Joch mochte im Gegensatz zu den ängstlichen Mitreisenden das bizarre Bild, das sich seinen Augen bot. Es hatte etwas destruktives, drohendes.

»Ohne Zweifel Jagdbeute aus den fernsten Winkeln ihres Reiches. Woraus wohl die Knochenhaufen bestehen?« sprach er einen der anderen Passagiere an.

Der schüttelte angewidert den Kopf. »Ich vermute, das sind die Knochenreste der drei Biester dort.«

Joch beugte sich vor und sah genauer hin: »Das sieht mir mehr nach menschenähnlichen Schädeln aus.«

Den Mann neben Joch schüttelte es bei diesem Gedanken.

Er selbst fühlte sich bestätigt. Ganz kurz hatte er eine Flucht zu den Orks erwogen, sich dann aber dagegen entschieden: Zu unzivilisiert, zu unberechenbar. Zudem liebte Joch den Luxus und die Annehmlichkeiten der Zivilisation viel zu sehr, um auf Teppichen unter zugigen Zeltbahnen dahinzuvegetieren.

Er bekam Gänsehaut, aber nicht wegen dieser Gedanken, sondern weil er den Magiewind spürte – das *achí*, das vom großen Ozean über Boasp heraufzog, bis zur Acha'Id und darüber hinaus.

Ein schnelles, rhythmisches Klatschen lenkte die Reisenden von den Schauerlichkeiten am Ufer ab.

An ihnen vorbei eilten Kriegskanus aus Boasp nach Norden. Stabile Aufbauten schützten den Rumpf der schmalen Boote, Metallklappen konnten aufgerichtet ein Zeltdach bilden oder als Galerie heruntergelassen werden, um Pontonbrücken zu bilden oder Landungs- und Entermanöver zu unterstützen.

Joch fand diese Konstruktion sehr gelungen. Überhaupt bewunderte er Boasp. In gewisser Weise war es sogar eine Ehre, dass er durch die Spione dieser Stadt enttarnt worden war. Dennoch würde er es ihnen heimzahlen, sich mitten unter ihnen einisten, in der gewaltigen Metropole untertauchen.

Vielleicht brauchen die ja auch einen guten Magier im Staatsdienst?
Neben den rudernden Mars mit ihren Telmischleudern gab es drei weitere gefürchtete Waffensysteme in den Kanus: Der obligatorische Rammsporn und das Drachenfeuer, das aus dem Bug über einen großen Flammenwerfer austrat, aber auch als Wurfgeschoss verteilt werden konnte. Als viertes hatten die Krokodile am Heck Katapulte, mit denen Ziele am Ufer und an Deck feindlicher Schiffe ins Visier genommen werden konnten.

Die Krokodile waren eine erfolgreiche Waffe. Nicht jeder konnte solche Schiffe bauen. Dieser Schiffstyp schien so vielversprechend, dass die Flotte Boasps begann, gänzlich auf ihn umzustellen.

Im Bug der Schiffe lagen erfahrene Piloten. Mit überlangen Bambusstäben suchten sie, gut geschützt, mehrere Schritt vor sich den Grund ab und steuerten so die Boote. Ihre Ausbildung war aufwändig, innerhalb des Militärs genossen sie hohes Ansehen. Ohne sie war das imperiale Auftreten Boasps auf den Flüssen der Region undenkbar.

Ich habe es da einfacher, ich habe meine nzumbes. Schnell gefunden, schnell manipuliert und schnell ersetzbar. Joch seufzte. *Ich vermisse Bufor. Mit ihm konnte ich mich wenigstens unterhalten. Er litt zwar an unerschütterlichen Meinungen, aber er war intelligent genug, die Welt um sich herum zu analysieren. Nicht so wie diese Veitstänzer, die nur sehen, was sie sehen wollen. Vielleicht sind sie auch einfach zu dumm.*

Joch stieg wieder unter Deck.

***

Vom Orktempel und der Begegnung mit der Flotte Boasps an verlief die Reise unaufgeregt, bis die ersten Bojen auftauchten. Die schwimmenden Markierungen teilten die bislang offene Wasserstraße des Nevrizian unmittelbar vor dem ausgedehnten Flussdelta in zwei strikt getrennte Fahrrinnen auf. Die Konvois stromauf- und abwärts wurden in Einbahnstraßen um das Delta herum geleitet bis vor den Hafen. Das Schilfmeer genannte Deltagebiet mit seinen Inseln und Kanälen war militärischer Sperrbezirk und unterstand dem Arsenal.

Der Aufsichtsrat der Stadt hoffte, durch die Trennung von Import und Export den Schmuggel einzudämmen oder wenigstens die Kontrolle über den Schiffsverkehr zu verbessern. Falls diese Maßnahme wirklich griff, würde sich das in naher Zukunft ändern. Joch hatte nicht vor, in Boasp untätig zu bleiben.

Bei den Wundern, ist das traurig. Keinen intelligenten Gesprächspartner mehr, mit dem ich mich besprechen kann.

Der Legat

Junker Jerome fühlte sich immer noch geehrt. Nicht nur war er Gardist eines Legaten, der in der Rangordnung der Kirche noch über einem Kardinal stand, er hatte auch weitere Gardisten unter seinem Kommando. Das war eine Seltenheit.

Seine Stimmung war dennoch nicht ungetrübt. »Mir passt es nicht, dass Mars uns eskortieren, ausgerechnet diese leichtgläubigen Leute aus Boasp.«

»Es ist ihr Geschäft. Wir sind auf die Schiffe Boasps angewiesen. Kein Pilger käme sonst auf die heilige Insel.« Der Legat war ein kleinerer Herr aus dem Reich der Elf Großen Stadtstaaten und zu drahtig für seine Größe.

Die Idee des Geleitschutzes brachte Boasp den doppelten Vorteil einer zusätzlichen Einnahmequelle, neben einem permanenten Training der Krokodile.

Der Konvoi schob sich am linksufrigen Antipolis vorbei, der Konkurrenzsiedlung zu Fährsteg. Zu Jeromes Verwunderung löste sich die Barkasse aus dem Verbund und lief den Hafen von Antipolis an. Der Legat schien über diesen Kurs informiert zu sein, und so schwieg auch Junker Jerome, sein Gardist.

Antipolis war klein, aber dennoch gut befestigt. Die Anlage des Hafens ließ auf professionelle Planung schließen, ebenso wie Konstruktion und Verlauf der Mauer.

Der Junker bemerkte das Banner, das neben dem Stadttor wehte. »Schauen Sie, Legat. Drei Berge in einem Kreis!«

Der Legat nickte langsam. »Antipolis scheint nun eine Kolonie Boasps zu sein.«

»Wenn es eine Kolonie ist, dann müsste es auch einen Statthalter geben.«

»Ich bin hier wegen des Admirals. Deswegen verlassen wir hier den Konvoi.«

Der Junker nickte.

***

Die Boasper Kriegskanus geleiteten die Barkasse des Legaten in den Hafen. An der Kaimauer wurden sie von weiteren Marinesoldaten empfangen: Eine Hand, eine militärische Einheit, geleitet von einer resolut wirkenden Führerin.

Der Legat wandte sich an Jerome und die übrigen Gardisten: »Es ist klug, wenn wie gewohnt nur ein Gardist mich begleitet.« Jerome trat vor, und der Legat wandte sich an die Handführerin. »Gott zum Gruß. Ich bin Takahiro, Legat des Lektors von Avenicum Dalor. Ich würde gerne den Admiral der Besatzung sprechen.«

»Ich kann Sie zum Hauptquartier bringen.«

Während des Marsches durch die Gassen von Antipolis fühlte Junker Jerome sich unwohl. »Die Stadt ist voller Mystiker, Träumern und Elben. Das reinste Daamiyardray.«

»Hier sind alle die, die entwischen konnten!« murrte der Legat.

Jerome erhaschte einen Blick auf eine Zeitung, die von einem Mann am Straßenrand gelesen wurde.

Loren ist gefallen! König Nicolas starb unter ungeklärten Umständen.

Junge Elben bewachten die Stadtmauer. Jerome staunte über ihre außergewöhnlichen Bögen, die sehr groß und vor allem asymmetrisch wirkten.

»Das sind elbische Schlachtbögen«, klärte ihn der Legat auf.

»Daneben benutzen sie kleinere Kompositbögen für schnelle Attacken, zu Pferd oder im Partisanenkrieg.«

»Sie schimmern wie Perlmut.«

»Dann ist es Orkenbein und die Bögen stammen aus der Acha'Id.« Der Legat klang nachdenklich.

Die Mars unterbrach ihr Gespräch. »Wir sind da.«

Sie standen vor einem Gebäude im Mittelpunkt der Siedlung. Während die Handführerin Meldung machte, wurden der Legat und sein Gardist durchsucht. Jemand griff nach Jeromes Leichtschwert.

»Pardon, meine Waffe gebe ich nicht ab«, versetzte er. Schweigend hoben die Mars ihre Telmi-Schleudern.

»Sei kein Narr, mein Junge!« beruhigte der Legat. »Gib sie ab. Ich werde doch nicht angegriffen.«

Einer der Mars beugte sich vor. Seine Stimme klang verständnisvoll. »Wir geben unsere Waffen auch ungern her. Ich verspreche dir als Krieger, du bekommst sie wieder. Und du versprichst mir, die Waffe nicht blankzuziehen.«

Hinter dem Aufgang gelangten sie über einen kleinen Flur in eines der angrenzenden Büros.

»Wenn Sie hier einen Moment warten möchten. Der Admiral wird gleich zu ihnen kommen.«

An der Wand hing Boasps Fahne, die große Ähnlichkeiten mit der von Avenicum Dalor aufwies. Nur leichtgläubige Zeitgenossen sahen dahinter geistige Gemeinsamkeiten.

Avenicum Dalor warf der Seerepublik vor, mit der Ähnlichkeit geschäftliche Vorteile zu erlangen und forderte regelmäßig, Boasp möge seine irreführende Flagge ändern. Ein Streit, der zuweilen groteske Züge annahm. Vor allem, weil Boasp und Avenicum Dalor tatsächlich nur über die räumliche Nachbarschaft und das Geschäft mit den Pilgern verbunden waren.

Die Tür öffnete sich. Herein trat eine muskulöse Gestalt – ein weiblicher Ork.

Jerome blieb die Spucke weg, doch seine Reflexe blieben intakt. Er griff nach seinem Schwert. Seine Hand fasste ins

Leere, doch der Legat hielt seinen Arm zurück. »Denk an dein Versprechen.«

Die Orkin registrierte die Szene ungerührt. In ihrer einfachen Tunika erschien sie unwirklich. Ihre Gestalt erinnerte die beiden Menschen an eine Raubkatze. Eine geschmeidige Gepardin, nicht eine schwere Löwin. Die größte Überraschung waren die Rangabzeichen an ihrer Tunika. Vor dem Legaten und seinem Gardisten stand die Admiralin der Marine Boasps.

Sie reichte ihnen die Hand, die Jerome vorsichtig ergriff, als erwarte er Krallen.

»Guten Tag, die Herren«, sagte sie freundlich. Ihre Stimme war angenehm sanft. »Ein hoher Kirchenfürst in der Ketzerstadt?«

Jetzt lächelte der Legat. »So ungewöhnlich wie eine Orkin als Admiralin.«

»Ungewöhnlich für Sie. Boasp ist multinational. Aber was kann ich für Sie tun?«

Jerome folgte widerwillig dem Wink, den Raum zu verlassen, denn eine solche Situation war eine eindeutige Vertragsunklarheit zwischen der Kirche und Inselgarde.

»Ich bin Legat Takahiro.«

»Entschuldigen Sie. Ich habe selten mit Zivilisten zu tun: Yürte.«

»Stimmt es, dass der Werkstoff Orkenbein sehr gut *achí* leitet?«

Yürte sah ihn verständnislos an. »Leitet und speichert. Aber das ist kein Geheimnis. Sind Sie wegen dieser albernen Information den weiten Weg hierher gekommen? Legaten sind Sonderbeauftragte des Lektors, dachte ich.«

Takahiro ging nicht darauf ein. Stattdessen wollte er die Admiralin aus der Reserve locken: »Ist die Bezeichnung Orkenbein nicht entwürdigend für Sie persönlich? Zumal die Orks der Zauberei auch feindlich gegenüberstehen?«

Die Admiralin lächelte: »Die Flut hat vieles in Bewegung gebracht, nicht wahr? Wer will, kann sich ändern.«

111

»Ich denke nicht, das Boasp als multikulturelles Gemisch Bestand haben wird. Es ist nicht mehr als ein Traum.«

»Nichts hat Bestand, Legat.« Sie lehnte sich zurück. »Dann kämpfe ich eben für einen Traum. Außerdem sehen Sie nur die Oberfläche und Grenzen alter Nationalitäten. Das wahre Boasp liegt woanders.« Sie beugte sich vor. »Die Kirche verteufelt das Wasser. Wir reisen darauf. Ihr verteufelt *achí*. Wir heilen damit. Ihr betet das Feuer an. Wir packen es in unsere Waffen. Alles Fremde wollt ihr vertreiben. Wir laden seine besten Köpfe ein. Altes Wissen wollt ihr verbrennen. Wir übersetzen es. Ihr sperrt Seelen ein. Freiheit ist unser Antrieb. Solange es Kräfte wie Euch gibt, werden wir stärker. Wenn die restaurativen Kräfte überwunden sind, wird Boasp nicht mehr gebraucht werden.«

Der Legat schwieg eine Weile. Schließlich sagte er: »Können wir nach unserem Ausrutscher in politische Philosophie noch Realpolitik betreiben?«

Admiralin Yürte lachte. Ihr eindrucksvolles Gebiss ließ es nicht gerade freundlich wirken. »Immer doch. Wenn Sie mir nur endlich sagen, worum es geht?«

»Uns kamen Gerüchte zu Ohren.« Er kam ins Stocken, wand sich etwas. »Wir hörten, der Kardinal der Jungen Königreiche sei in magische Machenschaften verstrickt.«

»Ja, das hört man, unter der Hand.«

»Die Türme seiner Kathedralen seien Speicher für *achí*.«

Sie nickte und fügte hinzu: »Man hört auch, er habe einen magischen Anschlag mit einem Gegenzauber überlebt. In Bad Heilbronn während einer Einweihungsmesse für eine neue Kirche.«

»Ein Anschlag, an dem auch Boasp beteiligt war!«

»Das stimmt nicht«, behauptete die Admiralin.

»Es hieß, der Gardist des Kardinals sei von einer neuartigen Waffe durchlöchert worden.«

»Neuartige Waffen in Isrogant? Sind wir die einzigen mit Erfindungsreichtum?«

»Jedenfalls trauert die Inselgarde um Bufor und sinnt auf Rache.«

»Was haben Sie jetzt vor? Die Kathedrale in Fährsteg abreißen?«

»Dann würde *achí* freigesetzt werden und der Magiewind begänne wieder nordwärts zu fließen, vermute ich?«

»Ja. Das würde so geschehen, denke ich.«

»Warum hat Boasp das noch nicht getan? Den Dom vernichtet?«

»Weil es das nicht wollte. Wir haben kein Interesse an einem Krieg mit dem Veit. Sie kamen unerwartet und ich muss noch Termine wahrnehmen. Wir können das Gespräch heute Abend fortsetzen.«

Das kam überraschend unvermittelt. Der Legat erhob sich.

»Ich bedaure. Ich wollte als Legat nur meine Aufwartung für einen hohen Repräsentanten Boasps machen und...«

»...Sie haben auch noch wichtige Termine«, ergänzte Admiralin Yürte.

Er seufzte. Sie lächelte.

***

Im Bauch des Schiffes hatten die anderen Gardisten auf ihren Junker Jerome gewartet. Er blickte in neugierige Gesichter, als er sich zu ihnen gesellte.

»Und, wie war es?« fragte eine junge Gardistin.

»Eine schwere Geduldsprobe«, entgegnete er.

»Erzähl.« Nach Wochen zunehmender Langeweile scharten sie sich jetzt um Jerome.

»Überall liefen Elben ungeniert mit schimmernden Schlachtbögen umher. Und diese Mars sind echt gelassene Typen. Die wirken abgebrüht.«

»Und der Admiral?«

Jerome hielt die Luft an. Dann platzte er: »Eine Orkin!«

Die Gardisten wichen instinktiv zurück.

Der Domfall

Die Barkasse Avenicum Dalors erreichte Fährsteg nach wenigen Stunden ruhiger Fahrt. Der Veit hatte keine Kriegsschiffe, die er ihnen als Eskorte vorausschicken konnte. Veitstänzer erwarteten die Barkasse direkt am hölzernen Steg. Jerome musste eingestehen, das Antipolis unter Boaps Führung wesentlich geordneter und zivilisierter erschien als dieses Zentrum des ersten Gottesstaates in Isrogant.

»Möchten Sie zum Kardinal Joch von Freising?« fragte der Anführer der Empfangstruppe.

»Nein. Noch nicht. Aber ist der Gaumarschall wohl zu sprechen?«

»Er kam erst letzte Woche aus dem Feld. Er führt unsere Truppen in der Südgäu persönlich in den Einsätzen. Wir bringen Sie zu ihm.«

Der Veit stellte sich als eine spröde Gestalt heraus, der sich in einfacher brauner Bauerntracht scheinbar sehr wohl fühlte. Jedes Symbol von Annehmlichkeit schien er brüsk abzulehnen, und Jerome konnte nichts von dem sprichwörtlichen Charisma empfinden, von dem andere schwärmten, die dem Religionsführer zuvor begegnet waren.. Er hatte weit beeindruckendere Menschen erlebt.

Verbissen begrüßte der Veit den Legaten, der seinerseits den direkten Weg wählte.

»Was wissen Sie davon, dass Ihr Dom Magiewinde fängt und

speichert?«

Der Veit lief krebsrot an.

»Was sagen Sie? Ein *achi*-Speicher? In meiner Stadt?«

»Eine Art Riesen-*glanhir*«, übertrieb der Legat.

»Unmöglich! Woher kommt diese Lüge? Verleumdung!« lärmte der Veit.

»Wussten Sie auch«, insistierte der Legat, »dass der Kardinal das Attentat in Bad Heilbronn durch einen Gegenzauber überlebt hat?«

Der Veit winkte überlegen ab: »Unsinn. Es war sein Gardist, der die Attentäter überwältigt hat.«

»Wer hat Ihnen denn das berichtet?« Der Legat wurde argwöhnisch.

»Der Gardist Bufor selber«, versicherte der Veit.

Der Legat starrte den Veit an und schüttelte den Kopf: »Bufor muss aber tot sein. Man hat seine Leiche gesehen. Voller Bleikugeln.«

»Unmöglich. Erst vor ein paar Tagen sprach ich ihn.«

»Das können wir ja klären. Hat der Kardinal Ihnen denn erzählt, dass er selber ein Enkel Landomans ist und Anspruch auf die Kaiserwürde hat?«

Der Veit wankte.

Aha! Der hat gesessen.

»Jochs Mutter war eine Tochter des Kaisers. Er steht an vierter Stelle der Thronfolge. Aber wenn kein König mehr lebt, kann er die Krone beanspruchen. König Nicolas von Loren ist bereits gefallen. Joch ist jetzt Nummer Drei in der Thronfolge, er muss nur noch an die Öffentlichkeit und es beglaubigen.«

Er machte eine kurze Pause, um die Reaktion zu beobachten. Dann fuhr er fort: »Er hat Sie belogen, was die Rollenverteilung in ihrem Spiel anging. Er wollte Sie nicht als politischen Einiger und sich selbst als geistigen. Er wollte beides in Personalunion sein. Aber wir können ihn befragen. Der Kardinal residiert ja in Fährsteg.«

Der Veit erhob sich. »Ich werde den Domturm schleifen

lassen.«

»Warten Sie!« Takahiro hob beschwichtigend die Hände.
»Wir kennen die Folgen nicht. Der Turm setzt *achí* frei, wollen
wir, dass es zu den Magischen zurückfließt? Werden wir vielleicht sogar verseucht?«

Jetzt wirkte der Veit beinahe verzweifelt. »Was also passiert
als nächstes?«

»Wir werden den Kardinal arrestieren und befragen.«

»Benötigen Sie dabei Unterstützung?«

»Ich habe zehn Gardisten dabei. Aber es ist Ihre Stadt.«

***

Mit einem großen Tross aus Gardisten und Veitstänzern um-
zingelten sie den Dom.

»Der Kardinal lebt hier?« Der Legat war ernsthaft überrascht.

»Er bewohnt eine Klause im Dom«, entgegnete der Veit
nachdenklich.

Einer der Gardisten hob sein vibrierendes Leichtschwert.
»Hier ist jede Menge *achí*«, bemerkte er.

»Sei es drum, da müssen wir jetzt durch!« befahl der Legat.

Die Truppen stürmten das imposante Gebäude gleichzeitig
durch sämtliche Portale.

Der Dom war seelenleer.

Die karge Mönchszelle des Kardinals direkt unter dem Turm
war verwaist.

Ein langes Gebilde aus Orkenbein, ähnlich einem
Blitzableiter, führte von der Gewölberdecke herab in eine Art
Schrein.

Der Legat wurde leichenblass: »Bei Gott dem Fluter! Das
kann doch nicht...«

»Ein Tabernakel?« fragte Jerome. Er bückte sich und hob
etwas auf, das vor dem Schrein gelegen hatte, um es Takahiro
zu geben: Ein Kristall von beeindruckender Größe.

»Vorsicht! Der Stein und der Schrein sind massiv

aufgeladen«, warnte einer der Gardisten, sein Leichtschwert in der Hand wie eine Wünschelroute durch den Raum schwenkend.

Ein hölzernes Knarren unterbrach ihn, als ein Wandschrank abrupt aufflog.

Die Schwerter der Inselgardisten wurden von Messinstrumenten wieder zu Waffen. Klingen schirmten den Legaten und den Veit ab, Kämpfer stellten sich schützend vor ihre Vorgesetzten.

Mit entrückter Langsamkeit trat eine Gestalt aus dem Wandschrank, lächelte wie betäubt.

Takahiro verstand als erster und brüllte aus Leibeskräften: »Raus hier! Raus! Sie hat einen *glanhír*!«

In Panik drängten sich die Menschen aus der engen Kammer. Schwarzes Licht erfüllte den Raum hinter ihnen. Es wurde merkwürdig still, als ob die Natur selber verstummte. Dann verkehrte sich die absolute Stille in absoluten Lärm. Die Kammer zerriss, die Wände zerbarsten in Trümmer und Splitter, die all jene verstümmelten, die den angeblichen Wohnraum des Kardinals nicht rechtzeitig verlassen konnten. Dann begrub der einstürzende Turm sie unrettbar.

✳✳✳

Fassunglos wurden viele Fährsteger Zeuge des Einsturzes. Ohrenbetäubender Lärm, Staub und noch mehr Trümmer, Geschossen gleich, zwangen sie zu Boden, die Köpfe eingezogen, die Hände zum Schutz darüber zusammengeschlagen. Es dauerte lange, bis sich die Umgebung so weit beruhigte, dass Takahiro wieder etwas sehen konnte. Er atmetete keuchend, seine Nase war verstopft, jeder Atemzug brachte neuen Staub in seine Lunge. Unter den Gestalten, die sich aus dem Trümmerfeld erhoben, gewahrte er den Veit. »Was war das?«

»Genau das passierte letztes Jahr in Boasp. Eine magische Explosion.«

»Die Gestalt«, sagte der Veit. »Sie kam aus dem Schrank. Was war das?«

Der Legat schüttelte den Kopf. Kalk und Mörtel rieselte aus seinen Haaren.

»Ich weiß es nicht. Eine Fanatikerin.«

Der Veit bleckte die Zähne, was furchterregend aussah in seinem verwüsteten Gesicht.

»Nun«, sagte er. »Krieger opfern sich nun mal in der Schlacht für ihren Führer. Auch wenn es der falsche ist.« Er hustete und spuckte.

Zu den beiden trat Jerome, der Inselgardist. Takahiro war erleichtert, dass dieser gute Mann überlebt hatte. »Scheint so, als ob der Kardinal uns zuvor gekommen ist. Er steckt wohl noch tiefer in der Sache drin als befürchtet. Wir müssen nach Nöln. Dort könnte das nächste Anschlagsziel liegen.«

Niemand gab es zu, aber die Verletzungen heilten ungewöhnlich schnell und die Augenzeugen des Zusammensturzes fühlten sich höchst vital in den folgenden Wochen.

Der Freifechter

Sich eingeschlossen hasste Bufor alles so sehr, das ihm das Leben sinnlos erschien. Mehrmals am Tag zog er seine Klinge und versuchte, seine magische Aufladung abzuschätzen. Aber so sehr er auch auf Besserung hoffte, er blieb belastet. Entmutigt schleppte er sich nordwärts. Warum ausgerechnet in diese Richtung, wusste er nicht so recht. Von Fährsteg hätte er leicht Antipolis erreicht. Aber er wollte weg. Weg vom Kardinal, weg vom Veit und seinen Leuten.

Wieder hielt er die Klinge an seinen Leib.

»Wenn es nicht bald sinkt, bringe ich mich um.«

Er konnte die Erinnerungen nicht verdrängen. Nachdem Levent ihn niedergeschossen hatte, rettete ihm der Kardinal der Jungen Königreiche höchstpersönlich das Leben.

Nur war das nicht die richtige Beschreibung. In Wirklichkeit hatte er ihn mittels abartiger magischer Rituale zurück ins Leben gezerrt.

Bufor würgte.

Joch hatte Menschen dafür geopfert. Seine Lakaien, die Bufor bislang für Laienmönche gehalten hatte, mussten ihre Energie an ihn abgeben – indem sie starben.

Aber warum sollte Joch so etwas tun? Er musste wissen, dass Bufor ihn dafür hassen und verachten würde! Warum also hatte er ihn gerettet? Hätte er ihm dieses Schicksal nicht ersparen können?

Bufor hatte gelähmt auf dem Schiff gelegen, das den Kardinal nach dem Attentat in Bad Heilbronn zurück Richtung Fährsteg brachte. Die Männer der Garnison an den Fallfesten hielten ihn für schwer verletzt. Es dauerte lange, bis sein Geist stark genug war, sich gegen die Einflüsterungen des Kardinals in seinem Kopf zu wehren.

Als er schließlich dem Veit begegnete, schilderte er ihm die Geschehnisse in Bad Heilbronn... nicht, wie sie seiner Erinnerung entsprachen. Sondern mit den Worten des Kardinals, der durch seinen Mund log, ohne dass Bufor es verhindern konnte.

Er war sich sicher gewesen, dass Joch aus ihm ebenfalls einen Lakaien machen wollte. Eine menschliche Hülle, nur durch *achí* und den Geist des Kardinals lebendig gehalten.

Entmenschlicht musste dieser Kardinal sein. Gottlos. Es ängstigte Bufor vor allem, dass niemand in der Kirche etwas gemerkt hatte.

Jeder Gardist konnte das *achí*-Niveau des Kardinals orten. Es musste eine breit angelegte Verschwörung in der Kirche geben, um die Karriere eines solchen Monsters zu ermöglichen. Der gegenwärtige Lektor hatte Joch als Nachfolger auf jeden seiner alten Posten berufen.

Einzig der Gedanke an die Garde hielt Bufor am Leben. Er war sich sicher, als Ausgestoßener, Magischer und Begabter zu gelten. Aber vielleicht ließen sie ihm die Gelegenheit, sich zu rehabilitieren. Irgendwo musste es doch eine Therapie geben, eine Entgiftungskur.

»Elben sollten das können.«

Er fragte sich (und das war der zweite Gedanke, der ihm Kraft gab), wie er sich an dem Kardinal für seinen Frevel rächen könnte.

»Mir wird etwas einfallen. Egal, wie sehr er zaubert. Ich habe ihn einmal überlebt und werde es ein weiteres mal tun.«

Am Nachmittag erspähte er eine ummauerte Anlage.

»Eine Hacienda!« rief er.

»Gut Orkflucht« las er über dem Tor, als er nahe genug herangekommen war. *Das ich nie zuvor bemerkt habe, obwohl ich so oft hier mit Schiff entlanggefahren bin.*

Bufor sah Menschen, Elben und viele Mestiken, die sich um die Tiere kümmerten, größtenteils Rinder.

»Wo es Rinder gibt, gibt es Steaks.« Er wunderte sich, dass er noch Appetit hatte, als er das breite offene Tor in der Lehmmauer durchschritt.

Ein alter Hofdrache kam angeschlurft und beschnupperte Bufor. Dabei wedelte er mit dem Schwanz und versuchte sich auf die Hintertatzen aufzurichten um sich an dem Inselgardisten hochzuziehen.

»Dafür bist zu klapprig«, lachte der Gardist und beugte sich zu dem Tier hinunter. »Na, alte Töle. Eigentlich kann ich Magische ja nicht ab. Aber bin jetzt ja selber einer.«

Die Farben der Schuppen wechselten von Lehmbraun in kräftiges Türkis.

»Was ist, bist Du zornig? Das bin ich auch. Oder freust Du dich? Das tue ich auch. Ziemlich merkwürdig, oder?« Bufor wurde etwas vorsichtiger. »Ich hoffe, Du wirst tiefrot, falls Du Feuer speien möchtest.«

Zu einer anderen Zeit, in einem anderen Zustand, hätte Bufor gespürt, das man ihn beobachtete. Ein scharfer Pfiff sorgte dafür, dass sich der kleine Hausdrache von Bufor löste.

Das kam von den Stallungen.

Der Drache trollte sich zurück in seine Hütte.

Bufor konnte niemanden ausmachen, also verließ er den Hof und trat in den Schankraum der Hacienda, der bereits die ersten Gäste beherbergte, vornehmlich Arbeiter, die nach harter Arbeit ein kühles Bier tranken.

Er sank erschöpft auf einen Stuhl und bestellte sich ein Viertel schweren roten Weins bei der Kellnerin. Als diese Bufors Waffe erblickte, stockte sie kurz. Der große Korb des Leichtschwerts war unverwechselbar. Aber etwas schien sie zu beruhigen. Sie fuhr mit ihrer Arbeit ungerührt fort.

Sonnenlicht gab dem Raum eine helle Atmosphäre, von Butzenscheiben in angenehme, beruhigende Farben verwandelt. Das Innere des Raumes, ganz in Holz gehalten, hatte eine heimelige Ausstrahlung. Bufor schloss dennoch, oder gerade deswegen, die Augen. Er fühlte sich sicher an einem Ort, dem er eigentlich feindselig hätte gegenüber stehen müssen.

Das Geräusch ruhiger, sicherer Schritte ließ ihn aufhorchen. Reitstiefel. Jemand zog einen Stuhl an seinem Tisch zurück und fragte: »Darf ich mich setzen?«

Bufor schaute auf und erblickte eine Dame in Reiterkleidung, deren Ausstrahlung ihn sogar in seinem erschöpften Zustand in Bann schlug.

»Selbstredend.« Ihr Erscheinen weckte seine Lebensgeister. Charmant erhob er sich, bat sie mit einer Geste, ihm Gesellschaft zu leisten.

Sie lächelte: »Ein Galan! Selten hier im Bronnland.«

Bufor half ihr, den Stuhl heranzurücken, dann setzte auch er sich. »Zur Zeit etwas aus der Übung, fürchte ich. Bitte sehen Sie mir das nach.«

Sie nickte mit gnädigem Lächeln, dann stellte sie sich vor. »Lady Nuefa, mir gehört das Gut.«

Bufor erhob sich erneut, um eine Verbeugung anzudeuten. »Bufor dela Salamanc.«

»Ein feuriger Name. Ich sehe, Sie haben unseren Rotwein gewählt. Er ist sicher nicht so gut wie der Ihrer Heimat.«

Das machte Bufor traurig. »Er weckt die Erinnerung an gute Zeiten. Und ist das nicht viel wert?«

Nuefa zog die Brauen nach oben. »Wenn die Erinnerungen teuer sind... Sind Ihre Zeiten gegenwärtig weniger gut?«

Als alter Hase im Personenschutz fasste Bufor nicht schnell Vertrauen zu Fremden, und dennoch hatte er keine Bedenken gegenüber der Gutsherrin. »Ich weiß nicht, ob ich Sie wirklich belasten soll mit meinen Problemen«, sagte er lahm.

Lady Nuefa lachte. Sie nahm seine Hand: »Dann lassen Sie

mich Ihr Schicksal lesen, Senor dela Salamanc.«

»Bufor reicht vollkommen. Meinen Nachnamen habe ich drei Jahrzehnte nicht mehr benutzt.«

Ihr Blick fiel auf sein Leichtschwert: »Ein Mönchsleben führen Sie sicher nicht.«

»Gewiss nicht, wir Inselgardisten sind Kämpfer.«

Sanft strich sie mit dem Zeigefinger über seine Hand. Gänsehaut lief seinen Arm hinauf, und ein Gedanke blitzte: *Eine Frau hatte ich schon lange nicht mehr.*

Der Schauer, der Nuefa durchflutete, war hingegen von anderer Art. Sie hatte etwas ähnliches erwartet, aber doch wollte sie sicher gehen, und so nahm sie fachmännisch seine andere Hand und fühlte sie ab, noch immer ihre Rolle als Wahrsagerin zur Tarnung benutzend.

»Sie sind ein Mann von Stolz und Härte», erfand Sie. »Treu, aber nicht selbstvergessen. Strikte Ziele.«

Sein achí ist enorm. Und er weiß nichts damit anzufangen. Ich muss es haben. Sie redete weiter, doch ihre Gedanken liefen in andere Richtungen. *Unter dem achí liegt die Frequenz eines dunklen Geistes. Das kann ich beherrschen, mit Meditation. Aber das achí selbst bekomme ich wohl nur durch Beischlaf. Immerhin ist er kein blasshäutiger Karinger.*

Ihren inneren Monolog konnte Bufor nicht ahnen. Er hielt ohnehin seinen eigenen.

Was will sie von mir? Sie ist sicher eine Träumerin und Elbenfreundin. Aber vielleicht macht es sie gerade deswegen an, mit einem Inselgardisten zu schlafen. Er spürte seine eigene Verwirrung, das Chaos der letzten Tage. *Wie lange war ich mit keiner Frau im Bett? Zehn Monate? Elf?*

Ihre Blicke trafen sich. Das Bett war ihr nächstes Ziel.

***

Stunden später wachte Bufor auf. Die Erinnerung an ihren Liebesakt war verwischt und unklar, nur seine eigene Erregung stand ihm noch überdeutlich vor Augen. Fast die ganze Zeit hatte er kurz vor dem Höhepunkt gestanden, doch soweit er es beurteilen konnte, war es Lady Nuefa nicht anders ergangen. Heftiger Atem, der Körper gespannt wie ein Bogen, ekstatische Bewegungen.

Was er nicht wusste: Seine Bettgefährtin hatte hart daran gearbeitet, den Akt hinauszuzögern. Je länger er dauerte, um so mehr *achí* hatte sie transferieren können – die Leitbahnen mussten im Kontakt bleiben, perfekte Atemtechnik war vonnöten.

Nicht nur ihre Körpersprache hatte er fehlinterpretiert. Auch, dass er sich nach dem Aufwachen so gut fühlte, hatte andere Ursachen als von ihm vermutet. Sie hatte ihn befreit, von einem Ballast, der ihn niederdrückte.

Aus der Küche von Nuefas Wohnung hörte er ein Klappern. Unbändiger Appetit wogte auf, als sei sein Hunger nach Leben zurück. Er roch frisches Brot, kalten Braten, heiß aufgebrühten Kaffee. Er fühlte sich leicht. Sein Blick suchte instinktiv das Leichtschwert. Er zog es aus der Scheide, wartete auf den Ausschlag, den es in den letzten Wochen so unablässig gezeigt hatte. Es vibrierte.

Aber ich bin unbelastet!

Mit einem Satz war er aus dem Bett, stürmte in die Küche. Hier schlug es ihm die Klinge fast aus der Hand. Nuefa sah ihn mit großen, beinahe unschuldigen Augen an.

»Bist du mir jetzt böse?«

Bufor begann zu kichern, dann zu lachen, musste sich setzen. »Nein danke«, japste er. »Ich will es nicht zurückhaben, ja?«

Der erste Schritt ist getan. Ich bin entseucht.

Politik

Legat Takahiro und der Veit persönlich reisten nach Nöln, zur momentanen Residenz König Wenzels. Das Bronnland hatte keine wirkliche Hauptstadt. Solange das Kaiserreich nicht geeint sei, reklamierte der König, brauche man keine solche. Residenzen und Pfalzen seien ausreichend.

Der Herrscher empfing die beiden Besucher schnell, aber mit undurchdringlicher Miene.

»Die Dome als Brüter für unreine magische Kristalle?« Wenzels Stimme klang skeptisch.

Der Legat nickte, legte all seine Besorgnis in seine Stimme: »Wir dürfen den Dom nicht weiter für die Gläubigen geöffnet lassen. Die Verseuchungsgefahr ist viel zu groß.«

Der König runzelte die Stirn. »Wir können ja erst einmal die Gardisten mit ihren Leichtschwertern zum Messen hineinschicken. Vielleicht ist die Gefahr weit weniger groß als in Fährsteg.«

»Warum sollte sie das sein?« Der Legat wechselte vom Kopfnicken zum Kopfschütteln. »Ich habe schon genügend Gardisten im Fährsteger Dom verloren. Nochmal möchte ich das nicht riskieren. Wer weiß, ob da nicht auch wieder versteckte Bombenleger warten.«

König Wenzel dachte eine Weile nach.

»Das heißt, beten kann man nicht mehr im Dom. Niederreißen können wir ihn aber auch nicht, weil das austretende *achí* die Bevölkerung gefährdet und den Feind stärkt. Habe ich das richtig verstanden?«

Legat und Veit machten hilflose Gesichter.

Der König fuhr sich mit einer Hand über das Gesicht. »Ich finde es schon beängstigend, einen so großen Energiespeicher in einer meiner Pfalzen zu wissen. Zumal anscheinend niemand weiß, wieviel Energie er aufnehmen kann. Vielleicht fliegt das Bauwerk mir ja ganz von selbst um die Ohren? Wissen wir, ob der Dom nicht noch immer *achí* sammelt? Jetzt, bei einem kontrollierten Abriss, wäre das Niveau doch mutmaßlich geringer?«

Der Veit wurde unruhig und meldete sich erstmals zu Wort: »Es ist unwahrscheinlich. Der flüchtige Kardinal hatte langfristig geplant. Als Kardinal, aber auch darüber hinaus, weil er sich als Einiger des Reiches sah. Nein, er wollte die Dome dauerhaft nutzen für seine abscheuliche Magie. So war es doch, Takahiro?«

»Ich stimme dem Veit zu. Das erscheint logisch. Einen Einsturz sehe ich auch nicht als ernsthaftes Szenario.«

»Es sei denn«, überlegte Wenzel, »die Einspeisung des *achí* in immer neue Kristalle hätte stabilisierende Wirkung auf das Belastungsniveau. Wir können das ja ausprobieren und so einer Katastrophe zuvor kommen.«

Takahiro sah den König des Bronnlandes scharf an: »Sie wollen doch nicht ernsthaft Kristalle aufladen?«

»Es wäre einen Versuch wert.«

König Wenzel begegnete dem Blick des Legaten mit Gelassenheit, dann fügte er hinzu: »Ich habe dieses Ding hier herumstehen, nicht Sie. Und keiner weiß, wie man damit umgeht.«

»Und wohin dann mit den Kristallen? In den Fluss kippen? In alten Stollen deponieren?«

»Man könnte sie verkaufen und so die Staatskasse füllen.«

»Verkaufen?« Der Veit war perplex.

Auch Legat Takahiro war entsetzt. »Das lehnt die Kirche

strikt ab!«

»Aber die Kosten bleiben am Bronnland hängen.« König Wenzel verbarg seinen Ärger nicht. »Ich muss diesen Dom rund um die Uhr bewachen. Oder beteiligen Sie sich an den finanziellen Aufwendungen? Nein? Nicht? Nöln selber wird jetzt ein direktes Ziel des Widerstandes wegen des Domes und seinem eingelagerten *achí*. Zusätzlich dürfen wir noch mit einem magischen Unfall rechnen. Eine absolut unbefriedigende Lage.«

Der Legat konnte nicht widersprechen. Der König hatte Recht... nur wer wollte das bezahlen, wenn er nicht unbedingt musste?

Wenzel war noch nicht fertig. »Die Besetzung Nord-Lorens, die ich auf Wunsch des Kardinals und des Veit befahl, frisst meine Kasse schneller auf als der Partisanankrieg mit den Rebellen im Bronnwald.«

»Das mag ja sein. Aber wem wollen Sie die Kristalle verkaufen? Doch nur Ihren Feinden! Unseren Feinden. Meinen Feinden«, geiferte der Veit.

König Wenzel zuckte mit den Achseln. »Man könnte eine staatlich beaufsichtigte Magiergilde schaffen. Eventuell spaltet man durch ein solches Angebot sogar den Widerstand. Zur Zeit wird der nur durch den gemeinsamen Feind zusammengehalten. Eigene Differenzen und alte Fehden sind im Augenblick vergraben.«

Der Legat atmete tief durch: »Dieser *achí*-Bunker ist unser gemeinsames Problem«, stellte er fest. »Und gleiches gilt für den Konflikt mit den Magischen. Wir müssen eine gemeinsame Lösung finden.«

König Wenzel hob abwehrend die Hände. »Das sehe ich anders. Der Dom steht in meinem Reich und ist daher mein Eigentum.«

Das brachte den Veit zum Platzen. »Dann zieh´ doch deine Soldaten aus Loren ab«, rief er, jede Höflichkeit vergessend. »Dann sparst du Geld und kannst dich um den Schutz deines Domes kümmern. Ich werde auch Nord-Loren besetzen können.«

»Der Richtige muss mir Vorhaltungen machen«, spöttelte der König. »Immerhin ist in deinem Fährsteg das ganze Ding eingestürzt. Außerdem hast du nicht genug Truppen, ganz Loren unter Kontrolle zu halten.«

»Noch nicht, Wenzel, noch nicht! Aber ich kann Gotteskrieger in ganz Isrogant rekrutieren.«

»Moment, was? Du willst daraus einen Flammzug machen? Hier handelt sich um einen Konflikt der Karinger um die Kaiserwürde!«

Der Veit schaute verständnislos drein. »Das war doch immer nur ein Teil der Lösung.«

»Welche Lösung?« Wenzel wurde endgültig misstrauisch.

»Die neue Ordnung in Isrogant herzustellen, in der die Magischen entweder abschwören oder zumindest in Ghettos kontrolliert werden.«

Die Augen des Veit blitzten. Wenzel hingegen hörte fassungslos zu.

»Das hier ist ein Kampf um ganz Isrogant. Ich erwarte, dass du ihn als solchen betrachtest. Unsere gemeinsame Strategie muss über die Jungen Königreiche hinausgehen.« Der Veit gestikulierte wild, und sogar Legat Takahito starrte nur stumm.

»Du zieh´ also deine Truppen ruhig aus Loren zurück, um Nöln und den Dom zu schützen, gegen Orks, Partisanan, Tull und vielleicht sogar die Bewohner der Acha´Id-Steppen. Oder ich mache auch das das noch für dich. So oder so werde ich niemanden abweisen, der für den Glauben kämpfen will!«

Er verließ den Raum, protokollwidrig und erzürnt.

Zurück blieb Stille.

***

An diesem Abend beriet sich König Wenzel mit seinen Ministern.

»Jeder muss die Möglichkeiten ausnutzen, die er hat«, stellte er fest. »Der Veit ist nicht zimperlich, Schwarze oder Gelbe in seine Truppen zu integrieren, um seine irrationalen Herrschaftsansprüche durchzusetzen. Der Mann ist ein Bauer. Und wenn er ganz Isrogant in Brand setzen will, brennt zuerst einmal sein Fährsteg. Schon Boasp wird einen solchen Irrsinn nicht dauerhaft in seinem Hinterhof dulden.«

Wenzel holte tief Luft, die Gedanken eines langen Tages machten sich Luft: »Der Dom ist unser Kapital, unser Faustpfand. Wir richten Reservate für die Elben im Norden des Reiches ein, weit weg von Fährsteg, sie erhalten die Kristalle aus dem Dom und dürfen eine staatliche Magiergilde gründen. Wir ziehen uns aus Loren zurück und sichern mit den Truppen der Südfront Nöln. Bei so einer Truppenpräsenz bleibt dann sogar der Überork ruhig.«

Er blickte in nachdenkliche Gesichter seiner Berater. Sie hatten den Auftritt des Veits nicht miterlebt und waren ob der plötzlichen Änderungen in der Strategie ihres Königs überrascht.

Aber dennoch nicht unzufrieden. »Sie müssen beim Rückzug aus Loren darauf achten, dass die Mystiker Zeit finden, vor dem Veit in den Bronnwald zu fliehen«, merkte einer der Minister an. »So schaffen Sie Vertrauen und stärken zugleich unsere Grenze gegen den Veit. Sie müssen den Tag vorbereiten, an dem Sie endgültig mit dem Veit brechen. Er wird sich die Kaiserkrone nehmen wollen, wie sein Beharren auf Loren beweist.«

Zustimmendes Nicken in der Runde. »Wer weiß«, sagte ein anderer. »Vielleicht dienen uns die Partisanan in einigen Jahren als Hilfstruppe.«

Wenzel schmunzelte. Goldene Aussichten.

***

Nicht wenig später und gar nicht so weit entfernt besprachen sich auch Legat Takahiro und der Veit, an Bord des Kriegsschiffs, das sie zurück in die Südgäu trug.

»Mir gefällt Ihre Idee, Glaubenskämpfer aus ganz Isrogant zur Hilfe zu holen«, sagte der Legat. »Ich bin sicher, der Lektor wird das als Flammzug durchgehen lassen.«

»Ob offizieller Flammzug oder nicht: Die Idee ist gut. Dieser Wenzel spielt falsch. Er wird den Dom nutzen und schützen mit den Truppen aus Loren. Und er wird nicht zurückschrecken, sich von dem mystischen Gesindel helfen zu lassen.«

»Dann läuft es also auf Krieg gegen das Bronnland hinaus?«

»Es kommt darauf an, wer den richtigen Zeitpunkt erwischt.«

Der Legat starrte in seinen Weinpokal. *Der Bürgerkrieg geht in seine nächste Runde. Es nimmt kein Ende.*

Wiedersehen in Loren

Levent suchte Schutz unter dem Dach eines Traumpavillons aus der Zeit vor der Flut. Nicht vor dem Regen, der seit Stunden von einem Westwind aus den Weiten Isrogant hierher geweht wurde. Sondern vor den Glaubenskämpfern des Veit, mit denen er sich herumschlagen musste. Aus dem Schatten einer Säule verschaffte er sich Überblick.

Dem Widerstand war es gelungen, mit dem Abzug der bronnländischen Besatzungstruppen eine wachsende Anzahl von Mystikern aus dem Norden des Loretales in den Bronnwald zu evakuieren. Während dieser Aktivitäten hatte Levent ununterbrochen zur Vorsicht gemahnt: »Der Rückzug erzeugt ein Machtvakuum, das der Widerstand nicht füllen kann. Der Veit wird die Lore überschreiten und ganz Loren besetzen. Dann sitzen wir in der Falle!«

Er hasste es, Recht zu behalten.

Mit einer fließenden Bewegung schwang er sich auf das Dach des Pavillons. Er geriet unter Beschuss – Gott sei Dank durch Armbrustschützen, deren Geschosse keine Kurven beschrieben,wie Pfeile es getan hätten, und ihn so nicht von oben treffen konnten. Er sah, dass einige andere sich aus ihrer Deckung im Gras wagten. Sie wussten um die Wirkung der Telmi-Schleudern, wie sie die Mars im Krieg verwendeten: Drei bis sieben Schuss je nach Baureihe, dann ein Magazinwechsel, der in geübten Händen nur Sekunden dauerte.

Levents neue Waffen kannten sie nicht, und so war auch ihre fürchterliche Wirkung unvorstellbar für sie. Er verdankte Piccolo und Vladimir sein Leben. Mit ihnen hatte er jene Gegner überrannt, die ihre Armbrüste bereits leer geschossen hatten, im Vertrauen darauf, dass seine Verfolger nicht schießen würden, um ihre Kameraden nicht ins Kreuzfeuer zu nehmen. Dass sie dennoch heranstürmten, war sein Glück. Aus der sicheren Deckung des Pavillons mähte er sie nieder.

Gespenstische Ruhe lag später über den Toten. Einer jungen Veitskämpferin zog Levent etwas rechteckiges aus der Tasche. Ein kleines Buch. Er steckte es ein.

Die kommt tief aus dem Süden! Fremdländer unter den karinger Fanatikern... So hübsch, und so dumm, hier zu sterben.

Levent eilte vom Pavillon fort, eine Senke entlang auf die Ebene hinauf, auf der er zuerst auf die Glaubenskämpfer gestoßen war. Weitere von ihnen begannen, einen Ring um den alten Kurgan zu ziehen, der noch aus der Zeit vor der Ius Adjagard stammte und auf dem seine Kameraden sich auf den bevorstehenden Kampf vorbereiteten. Erschöpft stieß er zu ihnen.

»Levi!« Cezra küsste ihn sehr intensiv. Joshua, einer der erfahrensten Partisanen unter dem Kommando Selim Becks, trat herbei: »Levent, wo warst du? Was war los?«

»Am alten Traumplatz habe ich sie endlich stellen können. Und ihr hier?«

Joshua wies mit der Hand den Kurgan hinunter: »Sieh selber, es sind sicher fünfzig von ihnen. Wir haben keine Chance. Wenn wir doch nur Telmi-Schleudern hätten. Und für Hilfe sind wir zu weit südlich.«

Levent sah sich ebenfalls um. »Unsere erhöhte Position wird sie von einem Sturmangriff absehen lassen. Sie werden uns belagern.«

Er verteilte einige von Dr. Hus Pillen unter den Partisanen, damit sie nach den Anstrengungen der letzten Tage durchhalten konnten bis zum Schluss. Die Deliyashkan, die jungen Elbenkrieger, vertrauten auf ihre das *achí* mobilisierende Übungen.

In der Mitte des Kurgan kauerten einige Familien mystischer Gesinnung, menschlicher und elbischer Herkunft, die vor den Milizen des Veit aus ihren Häusern geflohen waren.

Levent betrachtete diese Zivilisten. »Ich jedenfalls habe geschworen, in Boasp zu sterben. Ich kann also nicht hier die Hoffnung aufgeben.«

Joshua sah ihn an, die Augenbrauen hochgezogen.

Dann deutete er wieder auf die Feinde, die jetzt einen großräumigen Ring um den Hügel schlossen, außerhalb jeder Schussweite.

»Sie warten ab und werden eher nachts angreifen als am Tage.«

»Ich auch«, fauchte Levent, pumpte die Druckkammern seiner Waffen auf, füllte Magazine mit Bleikugeln.

Cezra ahnte, was er vorhatte. »Bist du verrückt? Wir bleiben schön hier. Ich befehle es dir!«

Ein Blick traf sie aus so harten Augen, dass sie ein wenig erschrak.

»Dass du die Tochter vom Chef bist, gibt dir nicht das Recht, mir zu befehlen.«

Joshua zog Cezra etwas fort.

»Vergiss nicht, Levent ist nur hier, weil er für Boasp kämpft«, sagte er leise.

Levent folgte ihnen. »Wenn sie mich erwischen, bringt diese Waffen zu den Mars zurück«, sagte er, und nun klang seine Stimme, als erteile *er* einen Befehl. Dann verschwand er in der Nacht, den Glaubenskämpfern entgegen.

Er wusste, wie zermürbend sich eine Belagerung auswirken kann, gerade fern der Heimat und mit Zivilisten im Rücken. Aber auch er kannte Taktiken, den Gegner zu zermürben.

In den nächsten Stunden lauerte er Glaubenskriegern auf, die sich zu weit von ihrem Kumpanen entfernten, machte sie mit dem Messer nieder und skalpierte sie. Erst im Morgengrauen traf er blutbespritzt wieder auf dem Hügel ein, warf die

Kopfhäute auf den Boden.

»Wir werden Terror mit Terror beantworten.«

Dann ging er, um sich in einer Senke zum Schlafen zu legen. Cezra würdigte er kaum eines Blickes. Bestürzt sah sie ihm hinterher. Diese Kälte kannte sie nicht von ihm.

»Wir sind Überfälle und heiße Gefechte gewöhnt«, meinte Joshua leise. »Die Erfahrung mit Belagerungen hat er uns voraus.«

Ihr Herz raste. »Trotzdem, es ist abscheulich.«

Joshua schwieg. Und hoffte, Levent würde sie retten. Irgendwie.

***

Am nächsten Tag setzten die Deliyashkan der kleinen Truppe Pfeile ab. Levent hatte die Reichweite der elbischen Schlachtbögen unterschätzt, ebenso wie die Glaubenskämpfer, die sich in Sicherheit wähnten, ihren Irrtum aber erkennen mussten. Die Pfeile flogen weit in die feindlichen Stellungen hinein – trotz der Skalps, die Levent an ihnen befestigte.

Von oben konnten sie sehen, dass die Glaubenskrieger unschlüssig waren. Dann zogen sich ihre Linien zusammen: Die Soldaten des Veit setzten zum Sturmangriff an.

Levent stand zwischen den Deliyashkan. »Das wird ein Gemetzel«, sagte er. »Zeigt ihnen, dass ihr mit euren Bögen zaubern könnt. Und ich zeige ihnen Piccolo und Vladimir.«

Die Elben nickten grimmig.

Levent bemerkte Cezras Blick. Zwischen den Kriegern, die sich zum Kampf bereit machten, drängte er sich zu ihr. »Ich weiß, dass du mein Verhalten nicht billigst«, meinte er leise. »Wenn wir zurück im Bronnwald sind, kannst du mir weiter Vorwürfe machen oder mir verzeihen.«

Sie hatte Tränen in den Augen – trotzdem antwortete sie: »Du bist, wer du bist.«

Pfeil um Pfeil verschossen die Elben, doch sie konnten nicht

alle Gegner stoppen. Die Gotteskrieger mochten keine gut aus-
gebildete Armee sein – aber zahlreich waren sie ganz sicher.

Nun waren sie nahe genug heran, um ihre Armbrüste zu
nutzen. Rund um Levent setzten jetzt Deliyashkan und Partisanen zum Gegenangriff an. Mit ihren überlangen Bögen
wischten die Elben die Bolzen der Armbrüste aus der Luft.
Piccolo und Vladimir zuckten in Levents Händen, streckten
einen Feind nach dem anderen nieder, bis er sich in einen
Rausch gesteigert hatte.

Im Nahkampf nutzten die Deliyashkan ihre Bögen fast wie
Hellebarden, mit beiden Enden ihrer Schusswaffe konnten sie
schneiden und stechen. Levent war es egal, wie nah oder wie
weit jemand von ihm stand, er schoss einfach weiter.

Bald starben die ersten Elben durch Stiche mit dem Bajonett.
Niemandem gelang es, Levent zu stellen. Er drehte sich
gewandt zwischen den Kämpfenden hindurch, vermied fast
jede Berührung.

Ich sterbe in Boasp.

Aus dem Nichts heraus drückte ein schwerer Wind die
heranstürmenden Feinde auf den Boden. Mit dem Wind kamen
Schatten... aber nein, das war kein Wind.

Es war ein Drache.

Im Tiefflug zerschmetterte das massige Geschöpf die Veitstänzer, schlitterte mit seiner Brust über den Boden, wie ein
Schiff, das an einem Sandstrand Bug voran landet.

Levent sah das Durcheinander der Glaubenskämpfer.

»Zum Hügel!« brüllte er.

Der Drache stieg auf, zog eine Kurve und stieß wieder
herunter.

Eine Stimme dröhnte auf Elbisch über das Schlachtfeld.
»Zum Kurgan!«

Die Deliyashkan liefen den Hügel hinauf. Sie zerrten Levent mit.

Gerade rechtzeitig, denn als der Drache sich emporschwang,
ließ er einen Mann zurück, der mit seinem Stab einen Kreis um
sich zog und dabei in einer fremden, schönen Sprache sang.

Feuer flammte auf, wurde zu einer Feuersbrunst, erfasste die Männer und Frauen des Veit.

Levent hörte die Elben tuscheln. »Ein Naobe!«

Sie hatten Recht.

Das Feuer loderte einige Minuten, verlosch dann so schnell, wie es gekommen war. Ein schreckliches Stöhnen erhob sich aus den Kehlen der Verbrannten, bis die Partisanen sich auf den Weg machten, die Glaubenskämpfer zu erlösen.

Währenddessen landete mit Getöse der Drache. Sein Reiter näherte sich der Gruppe auf dem Kurgan.

Die Elben sanken auf die Knie, auch die Menschen verneigten sich.

Levent breitete die Arme aus, marschierte mit großen Schritten auf den Mann zu und rief: »Wilson! Bin ich froh, Sie zu sehen!«

»Hier stecken Sie also!« rief der dunkelhäutige Magier.

Während die beiden sich auf die Schultern klopften, wechselten die mystischen Widerständler überraschte Blicke. Der elbische Großmeister der Magie und sein beeindruckender Drache waren nicht nur willkommene Verstärkung. Sie waren anscheinend auch alte Freunde.

Das Kriegsgericht

Ein scharfer Wind pfiff die Klamm entlang. An ihre Hänge klammerten sich zwei gewaltige Burgen, dazwischen schäumten die Katarakte des Nevrizian. In einer der beiden legendären Fallfesten tagten die Delegationen des Legaten Takahiro mit seinen Gardisten – und die des Veit, in Gesellschaft seiner herausragendsten Veitstänzer.

Der Legat saß mit Junker Jerome beisammen, um die Ereignisse zu rekapitulieren.

»Es ist tatsächlich kaum zu glauben, was hier in den Jungen Königreichen geschieht. Wie konnte der Kirche nur so eine Panne unterlaufen? Ein Magier als Kardinal!«

Jerome schaute nachdenklich auf einen Wandteppich, der einen der vielen Siege Landomans auf der Irrfahrt der Karinger darstellte. »Ich frage mich, was aus Bufor geworden ist. Er ist bei den Gardisten eine Legende.«

Takahiro nickte. Dann fragte er unvermittelt: »Wieviele Junker führen Sie mit sich?«

»Noch zwei.«

»Genug an der Zahl, um ein Kriegsgericht abzuhalten.«

»Ein Kriegsgericht?«

»Ob Bufor die Garde verlassen muss.«

»Es wurde noch nie jemand ausgeschlossen«, erinnerte Jerome. Der Gedanke machte ihm Gänsehaut.

Takahiro sah ihn ernst an: »Es hat bisher auch nie jemand

einem magischen Irren wie Joch gedient.«

»Trotzdem wäre es ungerecht, Bufor der Unterlassung anzuschuldigen.»

Sie wurden durch aufgeregtes Klopfen an der Tür unterbrochen. Ein Läufer stürmte herein, ohne das Kommando abzuwarten.

»Am Fluss unten steht ein Mann und wünscht Sie zu sprechen«, sprudelte er hervor.

»Mich?« fragte der Legat.

Der Läufer schüttelte den Kopf: »Nein. Sie alle. Auch die Gardisten.«

Legat und Junker wechselten einen ratlosen Blick. Ein Gefühl der Dringlichkeit strahlte von dem Läufer aus, dem sie sich nicht entziehen konnten. So eilten sie durch grob behauene Gänge in den Erkerbereich der Burg, der freischwebend über dem Abgrund hing.

Tief unter ihnen stand eine Gestalt, schwer erkennbar ohne Fernglas. Es war Jerome, der ihn schließlich erkannte. Er wandte sich an einen der Läufer. »Ich erkenne ihn. Sind Sie so gut und holen die anderen Gardisten?«

Ein Lastenaufzug brachte den Neuankömmling in die Burg, während Takahiro den Gardejunker fragend ansah. »Gerade noch haben wir von ihm gesprochen«, sagte dieser. »Das dort unten ist Bufor.«

***

Bei der Begrüßung blieb der Legat mehr als förmlich, Jerome und die seinen aber begrüßten den Vermissten freundlich: »Meister Bufor. Ich bin froh, Sie hier zu sehen. Wie geht es Ihnen?«

Statt einer Antwort sank dieser auf die Knie und ließ den Kopf hängen.

Erschrocken wollte Jerome ihm aufhelfen.

Bufor kam ihm zuvor. »Ich bitte um die Rückkehr in die

Dienste der Garde«, sagte er leise.

Jerome holte tief Luft.

Der Legat nickte mit dem Kopf. »Er soll sich stärken und ausruhen. Dann halten wir Gericht.«

***

Bufor saß auf einem Stuhl dem Legat des Lektors und drei Junkern gegenüber.

Takahiro begann die Verhandlung. »Was legen Sie sich selber zur Last, dass Sie eine Rückkehr beantragen müssen in die Garde?«

»Ich war schon in den Händen Gottes, wurde aber von Joch von Freising durch abscheuliche magische Rituale wieder ins Leben gerufen.«

Der Legat lehnte sich zurück, sein Gesicht eine Maske des Erstaunens. »Können Sie das Ritual beschreiben?«

»Nur schlecht. Er hat Gehilfen, junge Menschen, sie sind wie tot. Sie bewegen sich, sprechen auch, aber beherrscht sind sie vom Geist des Magiers. Er nennt sie *nzumbe*. Aus mir wollte er auch einen machen.«

Sofort zogen die Junker ihre Leichtschwerter und richteten sie auf Bufor.

Keine Vibration. Das Urteil war einhellig: »Kein *achí*. Er ist rein. Da gibt es keinen Zweifel.«

Dem Legaten genügte das nicht. »Woher soll ich aber wissen, dass Sie Bufor sind und nicht hier in seinem Körper sitzen? Geist funktioniert bekanntlich auch ohne *achí*.«

Bufor hob die Hand zu einer müden, abwehrenden Bewegung. »Wenn Sie die *nzumbes* kennen würden, Legat... Sie haben keinen Geist. Er ist verdrängt. Meiner hingegen war stark genug, sich gegen den des Kardinals zu stellen.«

»Sie sind zwar jetzt rein, sagen aber doch, Sie waren magisch kontaminiert?« hakte Takahiro nach.

»Ja«, gab Bufor zu. Er hatte geahnt, dass sie an diesen Punkt kommen würden.

»Wie sind Sie gereinigt worden?«

»Durch ein weiteres magisches Ritual«, gestand er, den Blick gesenkt.

Jetzt kam Unruhe in die Gardisten, bis Junker Jerome das unterband. Er duldete solche Gefühlsäußerungen gegenüber einem erfahrenen und verdienten Mann wir Bufor nicht.

Der Legat blickte ungeachtet dessen finster: »Erinnern Sie sich denn wenigstens an dieses zweite Ritual?«

Leichte Röte überzug Bufors Wangen. »Eine sexuelle Vereinigung«, sagte er.

»Und diese Frau, vermute ich, hat über den Geschlechtsakt die Magie an sich gezogen?«

Bufor nickte.

Betroffenheit schwappte wie eine Welle vom Richtertisch zu ihm.

Legat und Junker begannen eine leise Diskussion, dann sprach wieder Takahiro: »In meiner Eigenschaft als Legat der Kirche des Einen Gottes von Avenicum Dalor plädiere ich dafür, Ihnen die Rückkehr in den Orden der Inselgarde zu verweigern. Der Status als Gardist soll aufgehoben werden. Sie sollen ihr Leichtschwert nicht mehr führen dürfen. Sie sollen als vogelfrei für Kirche und Garde gelten und gebrandmarkt werden.«

Er machte eine kurze Pause, sah in die Runde. »Ich begründe das wie folgt: Wenn Ihr Gardistengeist stark genug war, sich gegen die Influenza des magischen Geistes zu wehren, hätte Ihr Geist auch die Rückkehr ins Leben verhindern können. Gott rief Sie, Sie haben widersprochen.«

Die Worte fielen wie Steine.

»Sexueller Verkehr mit Magischen«, fuhr der Legat fort, »ist zwar nicht untersagt, aber Sie haben einer Magischen zur Beschaffung von *achí* verholfen und sie zur Hexerei angestiftet.«

Damit setzte er sich. Seine Arbeit war getan. Die Kirche konnte fordern, aber nur die Garde urteilen, auch wenn sie die

Empfehlungen der Kirchenvertreter traditionellerweise nicht verwarf. Bufor wusste das.

Es dauerte eine Weile, in der die drei Junker sich leise berieten. Dann sprach Jerome das Urteil.

»Die Rückkehr in den Orden wird verweigert. Der Status als Gardist wird eingefroren, bis der Stiftungsrat den Fall näher prüfen konnte, bis dahin gelten Sie für den Orden als unantastbar und werden nicht gebrandmarkt. Sie dürfen Ihr Leichtschwert nicht mehr führen. Wir Junker begründen dies so: Bisheriger tadelloser Lebenswandel und die eigene Bitte um ein Gericht inklusive umfassenden Geständnisses zeugen von Ihrem guten Charakter. Wir interpretieren die Rückkehr vom Tod nicht als Schwäche, sondern als unglückliche, aber loyale Entscheidung, die Garde und Kirche vor Joch zu warnen. Legat, erheben Sie Einspruch?«

»Nein. Das Urteil geht so in Ordnung.«

***

Tatsächlich sah auch Takahiro Bufor nur als ein unglückliches Opfer, doch dieser Präzedenzfall brauchte Strenge. Wer konnte schon urteilen, wie man reagiert auf den eigenen Tod und das Angebot, weiterzuleben?

Für die jungen Gardisten war es eine Lehrstunde an Mut und Aufrichtigkeit, aber auch ein Hinweis, dass ihr Dienst voller Gefahren war.

Bufor übergab sein Leichtschwert an Jerome: »Sie haben schon öfter mit meinem Fünfkant gekämpft. Sie wissen, wie gut es zu führen ist. Es ist eine würdevolle alte Klinge.«

Jerome verneigte sich so lange, bie er die Tränen eingefangen hatte, die ihn übermannen wollten. Bufor packte sein Bündel, stieg in den Lastenaufzug und verließ die Feste.

***

Am Fuße der Burg erwartete ihn eine verhüllte Gestalt, die

etwas unter ihrem Umhang verbarg. Bufor wurde sofort misstrauisch. Wer auch immer ihm auflauerte – es mochte genauso gut ein *nzumbe* sein.

Zu seiner Überraschung steckte in den Tiefen des Mantels niemand anderes als Jerome. Er musste regelrecht geflogen sein, um vor Bufor hier unten an den Ufern des Nevrizian anzukommen.

Die Stimme des Jüngeren klang traurig. »Meister«, sagte er und holte hervor, was er versteckt hatte: Seine eigene Feder. »Nehmen Sie sie«, bat er. »Ich werde Sie nicht ohne eine unserer Klingen ziehen lassen.«

Bufor war gerührt. »Wo wäre Loyalität ein solcher Wert wie in der Garde?« fragte er, während seine Finger über die Klinge glitten. »Danke, mein alter Schüler. Aber ich darf nicht. Haben Sie das Urteil schon vergessen?«

Jerome lächelte verschmitzt: »Der Legat verlangte, dass Sie Ihr eigenes Schwert nicht mehr führen. Dies aber ist meines.«

Bufor lachte. Dann griff er Jerome fest am Arm und zog ihn an sich zu einer innigen Umarmung.

»Gott segne Dich, mein Junge! Du kriegst Ärger mit dem Legat.«

"Gott segne Sie, Meister. Das ist mir scheißegal."

dem Norden werden Nooq-Kämpfer nach Nöln vorrücken, den Dom zu zerstören.«

»Was können meine Partisanan tun?« fragte Selim.

»König Wenzel hat zur Zeit nur wenige Truppen in Nöln. Das Gros befindet sich auf dem Heimmarsch aus Loren. Ihr müsst sie aufhalten. Wenn die Bronnländer Nöln erreichen, kann die Schlacht um den Dom noch verloren gehen.«

Das ist ein guter Plan, dachte Levent. Aber seine Überlegungen gingen einen Schritt weiter. »Was passiert nach einem Sieg?« fragte er. »Ich meine: politisch?«

Naobes Antwort kam schnell, ohne weiteres Überlegen. »Es ist alles geplant. König Liam wird mit seiner Armee nach Nöln ziehen und den Streit beenden. Er vermittelt zwischen alter und neuer Tradition und den Enkeln. Er wird Kaiser.«

Levent nickte nachdenklich. Wann waren all diese Fäden gezogen worden, und von wem?

»Dann muss alles gelingen und schnell geschehen«, stellte er fest. »Der Veit erhält Zulauf aus ganz Isrogant.«

Aus einer seiner Taschen zog er das kleine Buch, in dem er in den letzten Stunden gelesen hatte. Er warf es auf einen Tisch in der Runde. Naobe Wei nahm es an sich und betrachtete den Titel.

»Mein Glaube.«

»Eine ausländische Kämpferin trug es bei sich. Es ist das Werk eines unbekannten Theologen. Er nennt sich der Alte vom Marktplatz, was immer das bedeuten soll. Er stellt darin neue eosterische Thesen auf, die die ganze Welt erklären, bis hin zum Gottesbeweis. Dass die Tote dieses Werk statt einer Ausgabe der heiligen Schrift bei sich trug, gibt mir zu denken.«

Naobe gab das Buch weiter. Erst Selim, dann Joshua blätterten durch die Seiten.

»Was macht dir Sorgen?« fragte der Partisanenführer.

»Die Ideologie«, antwortete Levent. »Dieses Buch ist noch radikaler als selbst die Lehren aus Avenicum Dalor. Es predigt reine Ratio, keine Offenbarungen oder mythischen Zeichen.

Vor allem keine Interprationen durch den Lektor. Die Lehre der Zweiten Offenbarung entgleitet der Kirche.«

Elben und Menschen wechselten beunruhigte Blicke, Naobe Wei schaute nachdenklich auf das Buch, das von Hand zu Hand ging.

»Dieser Theologe«, fuhr Levent fort, »hat eine ganz eigene Idee von der Ordnung der Dinge. Er spricht vom Chaos der Welt, und behauptet, es entstünden ordnende Systeme. Diese Systeme bildeten wieder höhere Systeme, so dass eine Hierarchie entsteht. Für den Autor ist das ein Naturgesetz, das wirkt, ob man will oder nicht, ob man es merkt oder nicht. Jedes neue System entwickelt dabei ein Überpotential. Dieses Überpotential ist der Motor jeder Entwicklung. Jedes System dient dem nächsthöheren in der Ordnung.«

Er blickte in verständnislose Gesichter.

Joshua schüttelte den Kopf. »Das klingt zu kompliziert für einen Kämpfer wie mich. Ich sehe auch nicht, wo in diesen Ideen eine Gefahr liegen könnte.«

Naobe Wei hob einen Finger. »Die Hand«, sagte er, »hat wunderbare Fähigkeiten, weit mehr, als jeder einzelne Finger es glauben lässt. Das wäre das Überpotential, weil diese neue Handfertigkeit sich auf die ganze Entwicklung der Isroganter auswirkte. Dabei dient der Finger dem übergeordneten System Hand.«

Joshua blickte hilflos zu Selim, und dieser hob die Schultern. »Hör zu Ende zu, ich denke, Levent hat einen Grund für seine Besorgnis.«

Levent nickte. »Die Hierarchie findet ihren Höhepunkt in Gott als dem Überpotential des menschlichen Geistes«, fuhr er fort. »Gott entstand, als genug Menschen an die Vorstellung eines menschlichen Gottes glaubten. Wir kennen diesen Moment der Gotteszeugung als die Erste Offenbarung, den Traum von Adjagard. Der Traum war die Rückkopplung in den menschlichen Geist.«

Joshuas Augen wurden größer. Er begann zu verstehen.

»Also ist Gott nur eine Vorstellung?«

Naobe nickte beifällig, aber Levent hob abwehrend die Hände. »Laut dem Alten vom Marktplatz ist er aus den Vorstellungen der Menschen entstanden – aber er ist keinesweges irreal und alles andere als banal. Immerhin hat er die Flut verursacht. Das Pamphlet beinhaltet aber nur Thesen, keine ausgearbeitete naturphilosophische Theorie.«

Levent schnaubte. »Deswegen wirkt es so klar und überzeugend. Es ist leicht, mit oberflächlichen Parolen zu begeistern.«

Ich muss aufpassen, das ich sie mir nicht zu eigen mache.

»Keine Erklärung, kein Widerspruch. Ganz schön gerissen«, meinte Cezra, die das Buch jetzt in den Händen hielt.

Naobe rieb sich das Kinn. »Der Mensch stärkt sich selber durch den Glauben an Gott«, spann er den von Levent umrissenen Gedanken fort. »Und alle, die nicht an ihn glauben, sind nicht nur Ketzer, die Gottes Gefallen nicht finden. Sie gefährden Gott. Sie wollen ihn sozusagen töten, den Gläubigen ihre reale Kraftquelle nehmen.«

»Feuer und Flut«, murmelte Selim, »das bedeutet...«

»... dass Leibeigenschaft, Ghettos und Zwangsarbeit noch der harmlosere Radikalimus sind«, beendete Cezra seinen Satz.

Alle schwiegen.

***

Später am Abend bat Naobe Wei Cezra Beck um ein Wort.

»Erzähl mir von Chou Man, dem Earl. Wie hast du ihn kennen gelernt?«

Ein warnendes Gefühl beschlich Cezra. *Dünnes Eis,* dachte sie. Sie wollte ihren Meister auf keinen Fall vor dem großen Magier in Misskredit oder Verlegenheit bringen.

»Levent ist im Elbishire auf die Familie des Earl gestoßen. Ich begleitete ihn später nach Nöln, den Earl trafen wir auf einer Immobilienbörse. Sein Vater, der alte Earl, hatte Levent stolz berichtet, dass die Familie Land und Gebäude überall in den Jungen Königreichen besäßen. Dort habe ich ihn kennengelernt.«

»Ich höre, du nennst ihn Meister. Was hat er dich gelehrt? Eine Nooq-Technik?«

Cezra schüttelte den Kopf, was Naobe zu beruhigen schien. Seine Züge wurden sanfter, seine Haltung entspannter.

»Ich lebe zwar unter Elben«, sagte sie. »Aber mit *achí* kann ich nichts anfangen. Er zeigte mir einige Prinzipien aus der Arte Ästhetika. Diese solle ich dem hinzufügen, was mir die Deliyashkan beigebracht haben und dann abwarten, was geschähe.«

»Welche Prinzipien waren das?«

»Anmut, Schönheit, Harmonie, Ausdruck von Persönlichkeit und Situation, Angemessenheit, Theatralik. Das alles fällt mir nicht leicht. Ich denke wohl zu funktional.«

Sie lächelte.

»Das ist ein Denkfehler, mein Kind«, antwortete der elbische Magier. »Warum sollte es nicht funktionieren? Alles beruht letztlich auf dem Fluss von Energien.«

Darüber dachte sie einen Moment nach.

»Ich halte es für keinen Zufall, dass Levent dem Earl in Nöln begegnet ist«, sagte sie dann. »Zumindest, dass er uns bei sich aufnahm und mich unterrichtete, war kein Zufall.«

Der Naobe lächelte verschmitzt. »Bei ihm mischen sich tatsächlich Kalkül und Großzügigkeit auf besondere Weise. Nicht umsonst ist er ein Vertrauter König Liams.«

Wir wurden spontan Teil seiner Pläne. Nicht umgekehrt.

Angriff auf Fährsteg

»Und, wie gefällt sie dir?«

»Admiralin Yürte?«

»Nein, die neue!«

Levent streichelte ihr über den schlanken Hals.

»Fühlt sich sehr gut an.«

»Besser als die alten Mädchen, oder?«

»Schlanker.«

»Warte, bis du mit ihr geschossen hast.«

Levent hob die neue Telmi-Schleuder und lief los, sieben Schießscheiben im Visier. Er leerte das Magazin, alle Bolzen steckten bis zu den Federn fest in den Pappkameraden.

»Die durchschlagen fast alles!«

Levent löste einen Hebel und eine schmale Röhre fiel zu Boden. Das war das Magazin. Von seinem Gürtel nestelte er ein neues, zog es über die speerartige Vorrichtung. Die Röhre rastete ein. Er lief wieder schneller und gab dabei weitere sieben Schuss ab. Abwerfen und Einschieben war noch etwas holprig und ungewohnt, seinen Kameraden ging es erheblich leichter von der Hand. Sie übten mit dem neuen System schon fast ein Jahr.

Levents Einweiserin war eine muskulöse Frau mit bronzefarbenem Teint, purpurnen Tättowierungen und Strähnen im Haar. Eine Meeresnomadin, Angehörige eines Volkes, das großen Einfluss auf die Alltagskultur in Boasp hatte.

»Fragen zur Waffe?«

Levent spannte das alte Magazin aus und streifte ein neues über.

»Alle Magazine sind jetzt bereits vorgespannt?« fragte er.

»Nur noch. Das Arsenal stellt sie so her.«

»Schränkt das die Mobilität nicht ein? Die alten Modelle hatten zwar nur fünf Schuss, aber man konnte sie selber spannen, auch wenn es länger dauerte.«

»Marginal für das Militär. Wir arbeiten immer in Flottennähe. Bei Expeditionen weiter landeinwärts gibt es entsprechend mehr Magazine oder die alten Waffen kommen zum Einsatz. Das hängt vom Charakter der Mission ab.«

Es fiel Levent schwer, sich von dem Typ Telmischleuder zu trennen, an dem er ausgebildet worden war. Ganz zu schweigen von seinen Erfahrungen mit Piccolo und Vladimir.

»Sind denn neue Manöver hinzugekommen?«

Die Einweiserin schüttelte ihren bronzepurpurfarbenen Kopf. »Nicht seit dem Handbuch IV.«

Levent nickte. »Das kenne ich noch.«

***

Am späten Nachmittag fand eine letzte Unterredung statt.

Admiralin Yürte erklärte kurz, was alle ohnehin schon wussten.

»Operation Tolerante Freiheit beginnt heute Abend, wenn die Nacht-Mars beide Ufer des Nevrizian säubern und sichern, damit die Flotte unerkannt so nah wie möglich bis Fährsteg vorrücken kann. Zu diesem Zeitpunkt haben die Mars-Einheiten vom Orkufer aus Fährsteg bereits umzingelt. Die Flotte eröffnet den Kampf, sobald möglich. Ist Fährsteg gesichert, geben wir Nachricht an unsere Verbündeten für ihren Vormarsch auf Nöln. Die Partisanen von Antipolis säubern die Südgäu, um die freien Kräfte des Veit zu binden, während wir die Fallfesten bedrohen, damit die dortige Garnison nicht in die Kämpfe im Norden eingreifen kann. Noch Fragen?«

Levent erhob sich. »Ich würde mich gerne den Nacht-Mars anschließen.«

Admiralin Yürte schaute ihn an. »Ich wollte Sie mit in die Südgäu schicken als Offizier. Die Nacht-Mars haben seit zwei Wochen kein Tageslicht gesehen.«

Der Einsatzleiter der Nacht-Mars stand auf. »Wir sind sicher, dass Oberst Yeniceri als Rebell oft im Dunkeln operierte, aber er ist sicher nicht ausreichend gut an das Dunkel gewöhnt. Hier handelt es sich nicht um einen Überfall, den man zur Not abrechen kann. Es ist eine wichtige militärische Aufgabe, Teil einer Strategie.«

Damit gab sich Levent nicht mehr zufrieden. »Sie können mich gerne testen. Ich habe lange nicht mehr zusammen mit Mars gekämpft. Meine Erfahrungen kann ich in einem Krokodil nicht ausspielen.«

Yürte entschied. »Zeigen Sie Major Akbulut ihre nächtlichen Qualitäten.«

***

Levent band sich ein Tuch um die Augen.

»Ich war oft nachts hinter den feindlichen Linien oder in feindlichen Lagern.«

Zunächst ging er durch den Raum. Es gelang ihm, fast jedem Hindernis rechtzeitig auszuweichen, selbst als Tische und Stühle schnell umgestellt wurden oder Mars ihm den Weg versperrten. Falls er doch etwas berührte, verursachte er keinen Laut, sondern sank unhörbar zu Boden um sich wie aus dem Nichts wieder aufzurichten.

Major Akbulut riskierte, Levent von hinten zu greifen. Wie ein Kartenhaus klappte er zusammen, mit einem Ausruf des Erstaunens.

»Üblicherweise erlaube ich meinen Gegner keinen Laut«, lächelte Levent.

Admiralin Yürte war überzeugt.

»Also gut, Sie sind dabei.«

Bedienstete reichten allen Anwesenden Gläser mit starkem Schnaps.

Yürte hob das ihre. »Boasp!« rief sie.

Alle stürzten das scharfe Getränk hinunter, stellten die Gläser ab.

»Boasp! Boasp! Boasp!«

***

Kurz vor Abmarsch der Nacht-Mars bestellte Admiralin Yürte Major Akbulut und Levent noch einmal ein.

»Ich habe die Akte und die Berichte von Oberst Yeniceri noch einmal durchgelesen. Er wird noch vor den Nacht-Mars operieren und den Weg freiräumen. Vor allem werden Sie auf Orkspäher achten. Viel Glück, Agent.«

Die beiden Soldaten verließen das Zelt, doch ihre scharfen Ork-Ohren offenbarten ihr einen Teil ihrer Unterhaltung.

»Es tut mir sehr leid, Major, ich wollte Sie nicht vorführen vorhin«, hörte sie Levent sagen.

Der Major schien zu lachen. »Peinlich war das schon. Aber ich hatte Sie ja auch beleidigt.«

»Sie schützen Ihre Einheit vor großspurigen Querein-steigern«, entgegnete Levent. »Für einen Kommandanten ist das doch eine gute Eigenschaft.«

Die Admiralin bleckte die Zähne zu einem orkischen Lächeln.

***

Währenddessen wurden am Ufer die Krokodile beladen. Routiniert und still arbeiteten die Soldaten, auch jene, die Levent und seine Kameraden über den Fluss zum Orkufer brachten.

Noch auf den Schiffen überprüfte jeder Waffen und

Munition. Zehn Magazine am Gürtel, eines in der Waffe, alles zusammen siebenundsiebzig Schuß pro Kopf.

Levent trug noch dazu Piccolo und Vladimir am Körper.

Die Nacht-Mars waren für die Dunkelheit getarnt, selbst die metallenen Gegenstände waren geschwärzt.

Levent durchlief ein Schauer, als er orkischen Boden berührte – das gesamte Ostufer des Nevrizian, mit Ausnahme der Enklave Fährsteg, gehörte zum Reich der Orks.

Es geht los.

Er huschte in das Schwarz hinein und genoss den einsamen nächtlichen Nachtlauf.

Immer wieder blickte er hinüber nach dem anderen Ufer. Die kalte Winternacht hatte weder Vollmond noch Sternenhimmel. Sie war düster wie ein Kohlenkeller.

***

In den letzten Wochen hatten die Veitstänzer lernen müssen, dass die Deliyashkan aus Antipolis Jagd auf sie machten. Der Druck war so groß geworden, dass sie sich bei Ende des Tages hinter den Wällen von Fährsteg verkrochen. Vorbei waren die Zeiten, in denen die Gotteskrieger sich sicher und stark fühlten.

Es war weit nach Mitternacht, als Levent vor diesen Wällen auftauchte. Kein Licht drang nach draußen – die Angst der Veitstänzer war so groß geworden, dass ein Verdunkelungs-gebot galt.

Levent schlich den Wassergraben entlang, der aus Fährsteg eine künstliche Insel machte: Ein Arm des Nevrizian war um die Stadt herum geführt worden. *Mit etwas Glück passen die Krokodile hier durch. Aber wahrscheinlich ist der Grund mit Hindernissen versehen.*

Hinter den Palisaden, auf dem Erdwall, machte er vereinzelte Wachtposten aus. Der Krieg gegen Loren hatte den Ausbau Fährstegs zur Festung unterbrochen.

Eilige wie der Veit vergessen schnell das Einmaleins der Kriegsführung.

Levent griff in seinen Beutel und schob sich eine Pille Wachmacher in den Mund. Rund ein Stunde später tauchten die ersten Nacht-Mars auf. Major Akbulut schlich neben ihn. »Die Flotte kommt gleich. Hoffen wir, dass alle Züge funktioniert haben.«

Levent hob seine Waffe. »Sonst kommen wir alleine über sie wie die Flut.«

»Ja.«

Akbulut verteilte seine Hände in ihre Positionen.

Mit abrupter Plötzlichkeit schoss das erste Brandgeschoss vom Fluss aus auf Fährsteg.

Die Flotte greift an!

Hinter den Palisaden verursachte das Geschoss einen hellen Funkenregen. Ein weiteres flog, ein drittes, schließlich begann ein Feuerwerk, dann züngelten Flammen empor.

Fährsteg brannte.

Alarmglocken wurden geläutet.

Die Nacht-Mars hielten sich weiter ruhig und beobachteten das Hafentor.

Krachend flog es auf, die ersten Glaubenskämpfer eilten mit ihren Armbrüsten zum Flussufer. Ihre brennenden Bolzen konnten der Metallpanzerung der Krokodile nichts anhaben. Die Gegenwehr verpuffte wirkungslos, und die Gotteskrieger begannen ihren Rückzug.

»Mist!« fauchte Akbulut. »Das war ein Fehler. Man hätte ihnen ein paar Schiffe opfern müssen, um sie rauszulocken. Sie ziehen sich zu früh zurück!«

Er trillerte in seine Signalpfeife. Das Versteckspiel war vorbei.

Während weitere Brandgeschosse auf Fährsteg zurasten, wurde nun der vorgelagerte Hafen von landenden Fluss-Mars unter Beschuss genommen.

Levent zeigt auf das Hafentor, das eilig geschlossen wurde, ohne Rücksicht auf jene Veitstänzer, die noch den Hafen gegen die heranstürmenden Boasper verteidigten.

»Sie werden zu spät kommen. Dann ist das Hafentor geschlossen!«

Akbuluts Signalpfeife schrillte zum Angriff.

Die Nacht-Mars rückten vor. Jetzt erkannten die Veitstänzer die neue Gefahr. Sie verdoppelten ihre Anstrengung, den Eingang zu Stadt zu verriegeln. Die Nacht-Mars gerieten von allen Seiten unter Beschuss.

In Fünfergruppen schmiegten sie sich an die Befestigung und schossen auf die rückkehrenden Glaubenskrieger. Das Tor stand nur noch einen Spaltbreit offen.

Levent zog Vladimir und Piccolo und stürmte nach vorne.

Krachend trennte ihn das sich schließende Tor von seinen Kameraden. Levent war alleine in Fährsteg.

Links und rechts erschoss er die Torschließer und andere Glaubenskämpfer, die ihm entgegeneilten. Vladimir und Piccolo hielten furchtbare Ernte, während von außen Mars gegen das Tor drückten.

Langsam, ganz langsam öffneten sie die Torflügel, kleine Mars-Einheiten tröpfelten herein, in Trauben zu fünf Soldaten, von denen stets drei schossen und zwei andere nachluden. Mit abgebrühter Präzision verursachten sie große Verluste unter ihren Feinden.

Geriet diese Abfolge ins Stocken, lösten sich die Trauben auf und stürmten in den Nahkampf. Jetzt fielen die ersten der eindringenden Mars am Tor, Durcheinander kam auf. Levent hatte sein Magazin leergeschossen, steckte die Vladimir ein, erfasste die Situation: Vor allem die Schützen auf den Schanzen waren ein Problem. Kurzentschlossen hechtete er eine der Treppen zu den Palisaden hinauf. Rücksichtslos machte er sich den Weg frei.

Nachstürmende Nacht-Mars drängten herein, das Tor öffnete sich gegen den Widerstand gefallener Körper weiter, neue Mars bildeten neue Trauben. Durch die Torflügel strömten jetzt die herangerückten Fluss-Mars in die brennende Stadt.

Levent sah, wie sich die Gotteskrieger in die Häuser zurückzogen.

Dummköpfe. Um den Häuserkampf zu üben, haben wir im Delta eine ganze Geisterstadt bauen lassen.

Der Kampf wurde gnadenloser, denn jetzt begann das Aufräumen.

***

Als der Morgen graute, war Fährsteg gesäubert. Die verbliebenen Veitstänzer und alle Verdächtigen unter der Zivilbevölkerung wurden in ein frisch errichtetes Inhaftierungslager an der Gautana-Mole verbracht. Eine Nachricht aber verbreitete sich wie ein Lauffeuer und trübte die Euphorie.

»Der Veit ist entkommen.«

Der Engpass

Naobe begrüßte Selim Beck und die anderen Partisanen, stieg aber von seinem Drachen nicht ab. »Gute Neuigkeiten, Freunde«, verkündete er. »Fährsteg ist gefallen, die Flotte Boasps ankert vor den Wasserfällen des Nevrizian und hält die Garnison der Fallfesten in Schach. Der Earl des Elbishire rückt mit seinen Nooq-Leuten auf Nöln zu, unterstützt von den Deliyashkan und gefolgt von König Liam.«

Selim zog eine triumphierende Grimasse. Joshua blickte ernst.

»Was ist mit dem Veit?«

Naobe Wei schüttelte den Kopf. »Er ist entkommen, wie vor ihm der Kardinal. Aber seine Veitstänzer lösen sich auf. Freiwilligenverbände aus Antipolis räumen den Müll beiseite.«

Cezra Beck trat hinzu. »Und Levent?«

Naobe Wei lächelte verständnisvoll. »Oh. Der war ganz maßgeblich am Untergang Fährstegs beteiligt. Ich habe ihn vor Nöln abgesetzt und flog direkt zu euch weiter. Die Entsatztruppen König Wenzels aus Loren ziehen bereits am nördlichen Bronnufer Richtung Nöln. Haltet Sie auf, bis wir die Stadt unter Kontrolle haben.«

Selim nickte.

Sie sahen dem Drachen noch eine Weile hinterher, der Naobe Wei ostwärts zurück nach Nöln trug.

»Wir müssen an das nördliche Bronnufer, sonst können wir die Armee von König Wenzel nicht aufhalten. Joshua, die Bronn ist nicht so breit wie der Nevrizian, aber stellenweise tiefer und tückischer. Wieviele Möglichkeiten haben wir, den Fluss zu überqueren?« fragte Selim Beck.

»Eigentlich nur an der Heefurt, etwas weiter westlich. Wenn wir uns beeilen, können wir die Harfe besetzen.«

Cezra griff nach ihren Sachen. »Dann lasst uns schnell flussaufwärts zur Harfe ziehen. Die Bronnländer werden sich bemühen, diese gefährliche Stelle schnell zu passieren.«

Selim Beck nickte. «Dann wird ihre Reiterei vorpreschen, die Harfe zu sichern.«

Cezra saß bereits auf einem Pferd.

»Alle Berittenen folgen mir zur Harfe, die anderen rücken nach.«

Selim Beck nickte. »Joshua, du begleitest sie.«

***

Die Harfe war eine Felsformation und zugleich ein Engpass am Uferweg der Bronn. Die bewaldeten Felsen ragten hier so unmittelbar bis an das Ufer, dass die Wurzeln der größten Bäume direkt aus dem Fluss tranken.

Die kleine Gruppe von Partisanen jagten auf erbeuteten Pferden die Bronn hinauf.

Joshua zeigte auf ein breites Band kräuselnder Wasserformationen.

»Das ist die Furt. Folgt mir!«

Am Nordufer angelangt, erhöhten sie die Gangart wieder, bis der gut bereitbare Uferweg zu einem fallenreichen Waldweg wurde.

»Da ist die Nadel«, zischte Joshua.

Mit Kletterhaken arbeiteten sich die Bogenschützen den Felsgrat empor.

Joshua schaute sich zufrieden um.

»Ausgezeichnete Schusspositionen dort oben. Lasst uns die Tiere in den Wald treiben. Ich denke, wir sind noch rechtzeitig gekommen.«

Cezra gab ihrem Pferd die Sporen und zog ihr Schwert. Joshua saß ebenfalls auf und folgte ihr.

***

Der Heerzug der Bronnländer war größer als erwartet, schneller als befürchtet und lauter als erhofft. Die bronnländischen Reiter machten solchen Lärm, dass sie weder Cezra noch ihre Begleiter rechtzeitig bemerkten.

Ein kurzer Blickwechsel mit Joshua, der ablehnend den Kopf schüttelte. »Selbst ein Überraschungsangriff ist viel zu gefährlich!« sagte er.

»Das gibt unseren Leuten Zeit, die Harfe zu sichern!« sagte sie. »Und wenn wir Glück haben, splittern wir ihre Marschordnung auch noch auf.« Schon war sie unterwegs. Joshua folgte ihr unwillig.

Einem Gegner sprang sie rücklings auf sein Pferd und erstach ihn. Das Pferd strauchelte über eine Wurzel und stürzte mit Cezra, die anmutig wieder aufstand. Die Angegriffenen verstanden nur langsam, wie ihnen geschah. Einer Lanze, die auf sie gerichtet wurde, wich sie geschickt aus, machte mit der linken Hand eine schnappende Geste, der Reiter stürzte aus dem Sattel.

Ein anderer nahte heran, das Schwert auf ihren Kopf gerichtet – ihre linke Hand vollführte einen Halbkreis. Das Schwert des Gegners wich zurück. Links formte sie eine spitze Schwerthand Richtung Boden, worauf der Angreifer schwer getroffen vom Pferd fiel.

Verwirrt hielt sie inne. Was tat sie hier?

Joshuas durchdringender Befehl rettete ihr Konzentration und Leben. »Zurück! Genug Zeit geschunden!«

Die überlebenden Partisanen jagten zurück Richtung Harfe.

Die bronnländische Reiterei war in Durcheinander geraten, ihr Anführer wollte sich und seine Soldaten sammeln und auf die Hauptstreitmacht warten, doch einige hatten bereits die Verfolgung der Flüchtenden aufgenommen und schienen außer Hörweite.

Daraufhin gab der Reiterführer die Verfolgung frei.

Einer nach dem anderen wurde von den Bogenschützen auf der Harfe erschossen.

Die Partisanen strömten zusammen, bargen eilig Waffen und Rüstungen der Toten, wie sie es sich angewöhnt hatten in einem Krieg ohne eigenen Nachschub. Die Leichen stießen sie in die Bronn hinab.

Joshua und Cezra riefen einige ihrer Kameraden zusammen, um die überlebenden Pferde ihrer Gegner vor der Harfe zusammenzubinden.

»Das dürfte den nachrückenden Bronnländern den Weg versperren«, stellte Joshua fest. Dann wandte er sich an die Tochter seines Anführers: »Sag mal, Cezra, hast du irgendwelche Probleme?«

Sie blickte verständnislos. »Was meinst du damit?«

»Während der Auseinandersetzung oben am Wald sah es aus, als ob deine linke Hand zuckte.«

»Ach, ehrlich?«

Zucken, ja, so kann man das nennen, dachte sie.

»Da sollte vielleicht ein Arzt mal drüberschauen«, meinte er nachdenklich.

Cezra klopfte ihm auf die Schulter. »Mach dir nicht zuviele Sorgen. Geht schon mal vor, ich möchte einen kurzen Augenblick alleine sein.«

»Bist du wahnsinnig?« rief Joshua. »Dein Vater bringt mich um! Der Feind ist nah!«

Sie lächelte ihn an, bis er nachgab und den Hang der Harfe hinauf verschwand.

Auf dem Trampelpfad neben der Bronn, auf dem bald die bronnländischen Soldaten kommen würden, sammelte sie ihre

Gedanken. Was genau war während des Kampfes geschehen?

Der Earl hatte ihr in Nöln eine Kampfform der Arte Ästhetika gezeigt. Sie hatte gespürt, wie außergewöhnlich und kampfstark er selbst war. Mit dem Abstand zu ihrem Lehrer aber verlor ihr Training der Form an Intensität. Die Form kam ihr zusehends albern vor, wie die Aufführung einer Adjagarenoper oder alter Tempeltänze. Ihre Mitstreiter im Hain hatten gelacht, obwohl ihre *achí*-Übungen auch nicht besser aussahen.

»Schau, wie es sich entwickelt«, hatte der Earl gesagt. »Deine linke Hand zuckt«, hatte Joshua gesagt. Scheinbar entwickelte sich etwas.

Losgelöst von allem, der gefährlichen Situation und der fremden Umgebung zum Trotz, begann sie ihre Form zu laufen. Sie vertiefte sich in die Bewegungen, ließ sie fließen, vergaß alles um sich herum.

Die ersten Karinger Läufer, die sie auf dem Weg erblickten, blieben verwundert stehen. Der Zauber der jungen Frau mit dem Schwert, an dessen Knauf eine rote Quaste mitschwang, fesselte sie. Ihre freie Hand schien zu jeder Bewegung mit dem Schwert durch Gesten eine Geschichte zu erzählen. Dieses Bild war so surreal, dass Karinger Veteranen noch Jahre später davon erzählten, wie die Frau an der Harfe die Truppen des Königs zum Stocken gebracht hatte.

Als sie ihre Form beendete, erwachte Cezra wie aus einem Traum, sah sich um und verschwand zwischen der Mauer aus Pferden.

Vor Nöln

Es war ein seltsames Wiedersehen. Levent beobachtete den Earl inmitten seiner Nooq-Kämpfer.

Es waren nicht nur die Meister der Hauptstraße von Hainlington, auch Kämpfer anderer Elbenhaine standen in seinen Reihen. Acha'Iden erblickte er zu seinem Leidwesen keine.

»Oberst Levent Yeniceri«, lachte der Earl, als er den Mars sah. Sie umarmten sich zum Gruß.

»Meister Chou Man«, entgegnete Levent. »So viele Nooq-Experten vor Nöln. Den Menschen hier sollte Angst und Bange werden bei soviel magischem Aufmarsch.«

Das Lachen des Earl drang über den Lagerplatz.

»Und wir sind nicht einmal die einzigen! Naobe ist auch zurück, mitsamt seinen Deliyashkan.«

Levent sah sich um. »Wo ist König Liam?«

Der Earl zwinkerte mit einem Auge. »Wir sind seine Vorhut. Waren Sie in Fährsteg?«

»Eine ziemlich blutige Angelegenheit«, murmelte Levent.

Der Earl begann, sich zu dehnen und zu strecken. »Wie geht es meiner Schülerin? Wo ist sie?«

»Ich habe Cezra lange nicht mehr gesehen. Unsere Wege trennten sich während der Kämpfe. Aber wenn das hier vorbei ist und wir alle noch leben, werde ich sie besuchen.«

Der Earl wurde ernst. »Ich denke, Sie beide werden nicht

besonders glücklich werden.«

Levent wusste, das er recht hatte. Eigentlich war er längst dabei, Cezra zu vergessen. Zu viele Pläne gingen durch seinen Kopf.

Der Earl sprach weiter: »Sie werden Boasp nie verlassen, und Cezra Beck nicht ihre Heimat. Nicht jetzt, wo es gilt, den Frieden zu formen. Außerdem, wenn sie die alte Adjagarenkunst weiter studieren wird, ist das kaum der Weg für einen Mars.«

»Und ich möchte sie ja an nichts hindern.«

Der Earl brummte zustimmend. »Das ist eine gute Einstellung. Ich denke, dass sie in Hainlington mit studieren kann.«

Die Antwort kränkte Levent, aber er blieb sachlich.

»Ist Ihr Lehrer Robao auch hier?« wechselte er das Thema.

»Nein, er ist bei den Altwalden. Eine große Ehre.«

Rufe unterbrachen ihr Gespräch. Kämpfer deuteten auf einen Drachen, der im Lager zur Landung ansetzte. Ein Reiter stieg ab und näherte sich ihnen. Es war – wie nicht anders erwartet – Naobe Wei.

Der Earl verbeugte sich, während Levent ihr altes Spiel weiterspielte. »Wilson!«

»Levent! Alter Außenhandelskaufmann!«

Magier und Mars umarmten sich. Dann schüttelte Naobe auch dem Earl die Hand.

»Ich habe Selim Beck instruiert, ganz wie wir es besprochen haben. Die Widerstandskämpfer binden Wenzels rückkehrende Entsatzarme im Bronntal. Viel Zeit sollten wir uns nicht lassen.«

Mit einem Seitenblick auf Levent fügte er hinzu: »Cezra geht es gut.«

Levent kratzte sich den Kopf. »Ich hoffe, es ist kein Fehler, nur mit Magischen und Elben zu kämpfen? Schürt das nicht alte Ängste unter den Karingern?«

Naobe nickte. »So wird es sein. Wir haben lange darüber

gebrütet. Vorurteile und Ängste können wir hier und heute nicht abbauen. Das heißt, wir werden ihnen zeigen, das die Magischen keine leichten Opfer sind, sondern Isroganter auf Augenhöhe. Auf dem Höhepunkt unserer Machtdemonstration erlösen wir sie dann von ihren Ängsten und beruhigen sie.«

Der Earl nickte. »Katharsis. Spannung aufbauen, Emotionen aufwühlen und dann erleichtern. Alte Theatertradition. König Liam wird mit seiner Armee einen Waffenstillstand verlangen. Manche werden sich nicht täuschen lassen, aber sie werden Liams Macht respektieren. Dann hat er Zeit, als guter Kaiser die Dinge ins Lot zu bringen.«

Levent blinzelte. »Ich hoffe«, sagte er dann, »dass eure philosophischen Weisheiten von der Realität gedeckt sein werden.«

Da war noch ein Punkt. »Ich glaube nicht, dass Wenzel auf die Krone verzichtet.«

»Diesen dreckigen Job muss jemand übernehmen. Am besten kein Magischer und kein Karinger.«

Levent sah sie an. »Na toll, ich wusste es!«

***

Der Angriff der Elben gegen Nöln wurde mit unerbittlicher Härte geführt. Der Drache des Naobe stieg über der Stadt auf, verbreitete Angst und Schrecken in den Straßen, bis er sich über dem Dom positionierte. Krachend schlugen Steine aus seinen Klauen in die Gemäuer, warfen ein Echo durch die Straßen der Stadt. Als riesiger Schatten flog der Drache zurück, um neue Steine zu holen. Der Earl lachte, wie er es meist tat, um selbst den schweren Dingen Leichtigkeit zu geben.

»Das Manöver dem Drachen beizubringen hat den Naobe viele Nerven gekostet. Und sehr viel Schlafmohn. Diese Bestie ist nicht nur störrisch, sondern auch faul.«

Die Antwort aus Nöln ließ nicht lange auf sich warten. Schwere Geschosse regneten auf die Stellungen der Angreifer vor den Mauern. Zur Antwort katapultierten die Deliyashkan ölgetränkte Strohballen in die Stadt und entzündeten sie im Flug durch brennende Pfeile von ihren Schlachtbögen. Als sie die Dächer Nölns trafen, breitete sich eine erste Feuersbrunst aus.

»Er soll endlich den Domturm treffen!« fluchte Earl Nestor.

Levent sah ihn schräg an. »Ist sicher nicht so leicht von da hoch oben, bei all dem Wind.«

Wieder lachte der Earl laut und herzlich. »Ja, du hast absolut recht. Hoffentlich erkälten die beiden sich nicht da oben.« Mit dem Finger deutete er auf die zerdrückte und eingebeulte Rasenfläche, wo nun kaum ein Stein mehr lag. »Nur gehen uns die Geschosse aus.«

Im vorletzten Anflug trafen Naobe und sein Drache den Turm des Doms. Geschosse und Steine des Turms stürzten in die Kuppel des Rundbaus.

»Jawohl!« Earl Nestor nickte zustimmend. »Jetzt geht es voran.«

Levent deutete auf das Flammenmeer über Nöln. »Vielleicht greift das Feuer auch so auf den Turm über.«

Den nächsten Angriff flog Naobe tiefer und riskierte seinen Drachen. Aber die Schützen der nölner Katapulte hatten längst ihre brennenden Stellungen verlassen. Mit tosendem Krachen begann der Domturm zusammenzusacken.

***

Die magisch Begabten unter den Angreifern krümmten sich, als eine gewaltige Welle magischer Energie über ihnen zusammenschlug. Die Nooq-Leute waren wie elektrisiert. *achí* flutete das Flusstal und die Stadt, als einige von ihnen sich fanden, um vor das Tor zu laufen und die magische Druckwelle dort sinnbringend zu nutzen.

Krachend flogen die riesigen Flügel des Tores aus den Angeln, in die Stadt hinein, begruben bronnländische Läufer und nölner Stadtwachen unter sich.

Einheiten von Deliyashkan und Nooq-Kriegern strömten in die Stadt. Noch immer flog Naobe Wei über ihnen Angriffe auf die in den Straßen verschanzten Verteidiger.

Der Earl schmunzelte. Er hielt sich der Schlacht fern. »Der Naobe kämpft ohne *glanhír*. Er ist ein Geizkragen, ich habe ihn noch nie einen nutzen sehen.«

»Komisch, er hat uns bei einem Einsatz in Loren mit einem *glanhír* aus der Klemme geholfen.« Levents Augen wurden glasig bei der Erinnerung.

»Dann muss es schlecht um euch gestanden haben – und diesmal steht es offensichtlich gut.« Wieder ein Grund für den Earl, Optimismus zu zeigen.

»Es wird Zeit, mein Freund«, fügte er wie nebenbei hinzu.

Levent seufzte, überprüfte Piccolo und Vladimir und mischte sich unter die nachrückenden Deliyashkan, um ebenfalls in die Stadt vorzudringen.

In Nöln herrschte Panik. Die Nooq-Kämpfer verwandelten die Macht des freigewordenen *achí* aus dem auseinanderfallenden Dom in sichtbare Energie. Funken sprühten, magische Blitze rollten durch die Straßen der Stadt.

Durch das Chaos eilte Levent zum heftig umkämpften Rathaus: König Wenzels Residenz, wann immer er sich in Nöln aufhielt. An kämpfenden Menschen und Elben vorbei rutschte er eine kleine Rampe hinunter in Kohlenkeller des Rathauses hinunter.

Er schlüpfte durch diverse Türen, bis er ein Weingewölbe fand, mit einem kleinen Essensaufzug, an dessem Seil er sich nach oben hangelte. Aus der ersten Luke des Schachtes wagte er einen Blick: eine Küche, mit verbretterten Fenstern. Ein Stockwerk darüber glitt er in eine kleine Teeküche.

Den Plänen nach ging es von hier sowohl in den Ratssaal als auch in die Privatgemächer des Königs. Wenn er hier war, was Naobe und Nestor vermuteten, dann würde Levent ihn dort finden, allerdings umgeben von Leibwächtern.

Er zog das Seil des Essensaufzuges aus dem Schacht, band es sich um den Leib und überprüfte die Verankerung im Gebälk. Er versuchte zu lächeln wie der Earl.

»Oh Herr. Denk daran; Ich will in Boasp sterben!«

Dann atmete er tief aus. »Diese Nummer geht in die Geschichte ein.«

***

Vladimir und Piccolo in Händen lief er los. Er rammte die Türe mit dem Rücken auf, drehte sich herum und schoss. Die Wachen hatten mit allem gerechnet, aber niemals mit einem Überfall aus der Teeküche.

Ein Mann mit einer lächerlichen kleinen Krone war vermutlich der König. Ohne nachzudenken, gab er mehrere Schüsse mit der Piccolo ab, bis er ganz sicher war, dass der Mann tot war. Zeitgleich feuerte er mit Vladimir auf die Wachen im Raum.

Er hörte Schritte vor der Tür: Soldaten aus dem Treppenhaus, die herbeistürzten.

Levent blickte sich um. Nur Sekunden waren es gewesen, länger hatte sein Angriff nicht gedauert. Er lief in Richtung des nächstliegenden Fensters, trat die Holzverschalung aus dem Rahmen – und warf sich rücklings hinaus.

Hoffentlich reicht das Seil und reißt nicht!

Ein Ruck zerschnitt ihm das Fleisch. Er hörte seine Rippen brechen.

Im letzten Moment umklammerte er seine Waffen, richtete sie mit nachlassender Kraft auf das Fenster, fühlte sich wie eine Fliege im Spinnennetz, wartete darauf, gefressen zu werden.

Er betete, das unter ihm keine Karinger nach ihm stachen oder auf ihn schossen.

Etwas zerrte an ihm.

Sie ziehen das Seil hoch!

Daran änderten auch die Pfeile der Elben nichts. Levent

wurde schwarz vor Augen.

Feuer und Flut, ich werde ohnmächtig! Aber nein, die Sonne verdunkelt sich.

Wind von den Schwingen des Drachens drückte Levent an die Mauer des Rathauses von Nöln.

Levent wusste nicht, dass der Naobe über den kurzen Hals des Drachens balancierte. Er sah nur den Schatten des Dunkelelben, als dieser durch das zerbrochene Fenster in den Ratssaal sprang. Flammen schlugen hervor – Wei richtete irgendeinen Schaden im Inneren an.

Vor allem aber zerschnitt er das Seil. Levent fiel wie gelähmt auf das Pflaster, ohne eine Möglichkeit, den Aufprall auch nur irgendwie zu mildern.

Aus dem Fenster rief der Dunkelelbe zu ihm herunter: »Keine Sorge! Ich heile dich schon!«

Levent brüllte auf vor Schmerz – und dann noch einmal, als er seinen eigenen zersplitterten Ellenbogen aus seiner Jacke herausragen sah. Gnädige Ohnmacht umfing ihn. Sein letzter Sinneseindruck war der Ausruf: »König Liam kommt, uns zu retten!« Und jener seltsame Lärm, wie ihn nur Dudelsäcke von sich geben können.

***

Später berichtete man Levent, dass der Earl persönlich ihn vor wütenden Nölnern in Sicherheit gebracht hatte, während die ersten Reiter mit König Liam voran in die Stadt eindrangen. Naobe hatte Wenzels Krone gesichert, um sie Nestor zu übergeben.

Liam inszenierte sich effektvoll als Retter der Karinger, doch davon bekam Levent nichts mehr mit. Zu diesem Zeitpunkt fand er sich, eingeschnürt in Bandagen, am Sattel von Naobe Weis Drachen wieder.

Der Magier lächelte ihn an. »Wo soll ich dich hinbringen?«

»Ich will einfach nur nach Hause. Mit Yüksel einen Kaffee

trinken, in die Brandung springen. Und surfen. Ich muss unbedingt surfen lernen.«

Levent sah den Earl an. »Vor der Coppa dümpeln Yachten und das Essen in der Marina soll vorzüglich sein! Sie sind immer herzlich eingeladen.«

Abrax

Viele Passagiere warteten gebannt an Deck auf das Ziel ihrer Reise: Das überwältigende Panorama der Hafenstadt Boasp, mit seinen drei Bergen, den unzähligen Handelsfrachtern in fraktal konstruierten Docks und den Meeresvögeln, die sich wie eine lebendige Kuppel über der Stadt bewegten, unter und zwischen ihnen die drei Hochbrücken und ihre gewaltige Plattform.

Wer das große Panorama schon kannte, sehnte sich nach einem Detail, dem Stück Boasp persönlicher Faszination.

Joch von Freisung starrte meist die merkwürdige große kristallene Glaskugel auf der Agora an, die viele für einen Leuchtturm hielten, weil von dort das Sonnenlicht tausendfach gebrochen reflektierte. Ein defekter Leuchtturm, der nachts nicht leuchtete.

Joch hielt das stets für Unsinn – warum reparierten sie ihn nicht einfach?

Heute aber zog ihn etwas anderes magisch an. Etwas, das er haben wollte. Unbedingt.

Mitten im schäbigen Bootsviertel lag ein gewaltiges Schiff. Er schätzte es auf eine Länge von mindestens hundertfünfzig Schritten, und auch die Breite war enorm. Große und kleine Masten ragten aus dem Rumpf. So beeindruckend es war, seetüchtig wirkte es dennoch nicht mehr. Kinder tobten auf Deck herum, Wäsche trocknete im Wind. Der Besitzer schien das Schiff an Familien zu vermieten.

»Was ist das dort?« fragte Joch eine Matrosin. »Ich habe so etwas noch nicht gesehen.«

»Das ist ein alter Ostlandsegler, der im letzten Jahr hier vertäut wurde. Ein richtiges Schatzschiff. Von denen gibt es nicht mehr viele. Die meisten Reeder nutzen das Bootsviertel als billigen Schiffsfriedhof. Statt sich um ihre Wracks zu kümmern, verhökern sie die maroden Schiffsleiber als Wohnquartiere an die Ärmsten der Einwanderer. Und die Stadt darf sich dann eines Tages um die Entsorgung kümmern.«

Joch hörte ihre letzten Worte schon nicht mehr. Er sah bereits Geländer und Reling in kardinalrot glänzen, herrlich kontrastiert durch algengrüne Schlangengravuren. Von den Masten würden sich Sonnensegel über das riesige Deck ziehen. Joch spürte die Geschichten und die Möglichkeiten dieses Wracks. *Ich muss es haben! Ich werde es haben.*

Niemand vom Hafenamt kontrollierte einen harmlosen Patriarchen und seine erwachsenen Kinder auf Pilgerfahrt nach Avenicum Dalor, denn genau dieses Bild präsentierten der flüchtige Kardinal und seine *nzumbes*.

Er ließ seine »Kinder« inmitten des Hafengedränges warten und suchte eine Bank.

Ich muss heute noch ein Konto eröffnen, um die Kristalle los zu werden.

Dort erfuhr er auch den Namen des Schiffsinhabers und dessen Büroadresse in den Docks.

***

Sri Shove war ein Gauner, dessen Herkunft Joch im Grenzgebiet von Miyanam und dem Danjabh vermutete.

»Guter Herr Shove«, begann er dennoch ganz freundlich. »Ich brauche viel Platz für mich und meine Kinder. Wissen Sie, vielleicht gibt es bald auch Ehepartner und Enkelkinder. Ihr großes Schiff würde uns ein gemeinsames Leben ermöglichen und wir müssten uns nicht über die Stadt verteilen. Das wäre der Traum eines alten Mannes.«

Sri Shove sah ihn misstrauisch an. »Seid ihr etwa solche Hippies? Immerfröhliche?«

Joch lachte ein charmantes kleines Lachen. Dann legte er gutes Geld auf den Tresen und fragte: »Ist denn Platz frei für uns?«

Groß quollen die Augen aus Sri Shoves Augenhöhlen, als er das Geld sah. Dann drehte er sich um erteilte barsch einigen grobschlächtigen Handlangern Befehle. Sie eilten aus der Basilika, in der viele ihre Schreibtische untergebracht hatten.

Sri Shove lächelte honigsüß.

»Gleich ist Platz!« versicherte er.

Offenbar wurden nun andere Mieter vom Schiff geworfen.

Das ging ja schneller als gedacht. Skrupelloser Bursche, dieser Sri.

»Sie sind ein wirklich abgebrühter Mistkerl«, sagte Joch.

Achselzucken war die Antwort. »Sie müssen ja nicht mieten.«

Joch nickte. »Das stimmt, ich möchte kaufen!«

Damit hatte Sri Shove nicht gerechnet. Er schwieg zunächst. Die Aussicht auf ein kleines Vermögen in greifbarer Nähe reizte ihn sehr, dieser Mann vor ihm wollte den Ostlandsegler scheinbar um jeden Preis haben. Die Notwendigkeit aber, sich dann nach einer neuen Einnahmequelle umzusehen, schmeckte ihm nicht. Schließlich lehnte er ab.

»Ich vermiete es Ihnen, gerne auch dauerhaft und nicht nur Nacht für Nacht. Aber verkaufen werde ich nicht.«

Joch willigte scheinbar ein.

Hauptsache, schon mal an Deck und einziehen.

***

Das komplette, gewaltige Schiff stand nun zu ihrer Verfügung. Joch wählte für sich die Kapitänskajüte. Noch nicht so komfortabel wie seine Unterkünfte in den letzten Jahren als Kardinal, aber er schätzte die Ungestörtheit. Außerdem barg der Rumpf dieses Schiffes neben einem großen Frachtraum auch erstaunlich geräumige Kabinen.

Am Abend saß Joch an einem schweren Tisch und hatte vor sich ein Blatt ausgebreitet, auf dem er den Umriss des Ostlandseglers skizziert hatte. Neben dem Bild standen Verse in den Buchstaben eines uralten Alphabets. In einer Schale neben diesem Papier lag eine Puppe, inmitten eines Suds, gemischt aus verschiedenen Sorten Blut.

Leise begann er einen Singsang in *korash* anzustimmen, der alten Silbensprache der Mystiker, die noch von den Wunderhütern stammte. Es dauerte eine Weile, doch ganz langsam verwandelte sich die Puppe vor seinen Augen in ein Abbild von Sri Shove. Er war in Trance, als er murmelte: »Die Portale stehen offen. Geist vermische sich mit *achí*, bereit, es zu gestalten und zu senden. Heute Nacht in Sri Shoves Körper.«

Joch drückte die Puppe in das Blutgemisch. Er stach mit einem Messer auf sie ein, schnitt ihr Gliedmaßen ab. Dem Schiffseigner stand eine Nacht höllischer Schmerzen bevor, er würde Panikattacken und Horrovisionen durchleben. Am Morgen würde er vielleicht anderer Ansicht sein, was den Verkauf des alten Ostlandseglers betraf.

✳✳✳

Als Sri Shove am folgenden Morgen mit der Besitzurkunde das Schatzschiff betrat, erschrak selbst Joch. Mein Wunsch nach dem Schiff muss sehr intensiv gewesen sein. Er sah geschwollene Augen, gerötet und voller geplatzter Äderchen. Auch die Nase Sri Shoves zeigte Spuren schwerer Blutungen. Frisch blutende Zahnlücken ließen den Mann lispeln. Kratzspuren an den Armen zeugten von unerträglicher und ausweglosen Schmerzen.

Joch verspürte kein Mitleid, eher ein Gefühl der Schuld, weil er seinen Zauber übertrieben hatte. Entgegen seinem ursprünglichen Plan drückte er den Preis nicht noch weiter hinunter, sondern gewährte Sri großzügig ein Schmerzensgeld.

Trotz des gewonnenen Platzes auf dem Schiff brachte er seine *nzumbes* im hintersten Frachtraum unter. Dort ließ er sie im Kreis sitzen und stimmte einen alten Gesang auf *korash* an. Die Luft füllte sich mit knisternder Energie, bis er schließlich abbrach und befahl: »Jetzt vergesst ihr den Kardinal. Ich bin ab sofort Abrax, euer Vater.«

Die *nzumbes* nickten. Der Mann, der jetzt Abrax hieß, verteilte kleine Kugeln aus gepressten Opiaten und Kräutern an seine Schützlinge.

Treu und ergeben schluckten sie die Medizin.

Dann warteten sie.

Naobe Weis **Karte** für die Altwalden

Reisende

Die Roman-Trilogie
von Tian Di

Isrogant: Die Fantasy-Welt
http://www.xin-publishing.eu

Adjagard ist untergegangen...

... die Herrschaft der Kaiser auf dem Geysirthron ist vorüber. Mit der Großen Flut begann eine neue Zeitrechnung. Auf dem Kontinent Isrogant ist nichts mehr wie zuvor.

In einer Welt nach der Apokalypse schaffen die Überlebenden neue Realitäten: Grenzen verschieben sich, ganze Völker suchen eine neue Heimat, Traditionen aus tausend Jahren geraten ins Wanken.

Die Gemeinschaft der Mystiker ist zersplittert und zerfallen. Ihr Niedergang, schon vor der Großen Flut unausweichlich, wird jetzt noch beschleunigt von den Geistlichen aus dem Kloster Avenicum Dalor, die die Herrschaft in der Kirche des Einen Gottes an sich gerissen haben.

Bei anderen Überlebenden aus lang vergangenen, mythischen Zeitaltern scheint das anders zu sein: Gerüchten zufolge kehren die Drachen nach Isrogant zurück, die wasseratmenden Nainesher suchen Kontakt zu den Landbewohnern, und aus den Steppen der Acha´Id hört man von der Gründung eines Orkreiches.

Eine Welt im Umbruch... voller interessanter Lebensgeschichten und faszinierender Abenteuer.

Und die Reise beginnt hier.

In Isrogant

Die Reihe von Erzählungen entführt die Leser
in die Weiten des Kontinents Isrogant.

Band 1 mit Geschichten der Isrogant-Erfinder
Gerhard Ludwig und Heero Miketta
Jetzt im Buchhandel

In Isrogant

Die Lesereihe mit Erzählungen
Band 2 jetzt im Handel